# A Letter from Virginia

## from

## Virginia

# 버지니아에서 온 편지

*A Letter from Virginia*

국립중앙도서관 출판시도서목록(CIP)

버지니아에서 온 편지 : 박유니스 에세이 = (A) letter from
Virginia : essays by Eunice Park / 지은이: 박유니스. --
서울 : 선우미디어(Sunwoomedia), 2014
    p. ;   cm
표제관련정보: 인생의 향훈과 깨달음이 담긴 재미작가의 라이프스토리
ISBN 978-89-5658-368-6 03810 : ₩12000
에세이[essay]
814.7-KDC5
895.745-DDC21                CIP2014013781

# 버지니아에서 온 편지

1판 1쇄 발행 | 2014년 5월 9일

지은이 | **박유니스**
발행인 | **이선우**
펴낸곳 | **도서출판 선우미디어**
    등록 | 1997. 8. 7 제300-1997-148호
    110-070 서울시 종로구 새문안로3길 36 1435호(내수동 용비어천가)
    ☎ 2272-3351, 3352 팩스: 2272-5540
    sunwoome@hanmail.net
    Printed in Korea ⓒ 2014. 박유니스

**값 12,000원**

※ 잘못된 책은 바꿔 드립니다.
※ 저자와의 협의하에 인지 생략합니다.
※ 이 도서의 국립중앙도서관 출판시도서목록(CIP)은 서지정보유통지원시스템
   홈페이지(http://seoji.nl.go.kr)와 국가자료공동목록시스템(http://www.nl.go.kr/kolisnet)
   에서 이용하실 수 있습니다. (CIP제어번호:2014013781)

ISBN 89-5658-368-6 03810

# 버지니아에서 온 편지

## A Letter from Virginia

박유니스 에세이

Essays by Eunice Park

선우미디어
sunwoomedia

# 책머리에

"다녀오겠습니다."

아침에 학교 가듯 어머니께 인사하고 고국을 떠나온 지 40년이 넘었다. 이국 땅 메자닌에서 살면서 한시도 문학에의 꿈과 모국어에 대한 그리움만은 잊지 않았다.

낯선 곳을 떠돌면서도 모국어로 말하고 글을 쓸 수 있어서 행복하다. 화려한 차림의 사람들로 북적거리는 로비를 저만치 바라보며 메자닌에 자리 잡은 에트랑제의 삶이지만 내겐 그들이 모르는 무궁무진한 말들이 있다. 그 말들은 쉴 새 없이 내게 속삭인다. 글로 쓰지 않고는 못 견디게 한다.

문예지와 신문에 실렸던 글들과 미발표 작품들을 모아 첫 수필집을 내려고 결심하기까지에는 수많은 망설임이 있었다. 큰 용기를 내었음에도 부끄러움으로 숨이 막히는 듯하다.

평소 문학혼을 일깨워 주시어 계속 글을 쓰도록 격려하시고, 이번 수필집에 작품평을 쓰신 정목일 선생님께 깊이 감사드린다.

허술한 내 글에 늘 감동해 주는 친구 김숙자, 이정아 수필가, 좋은 그림을 그려 주신 양태석 화백, 예쁘게 책을 묶은 선우미디어 이선우 사장께 큰 고마움을 전한다.

10년 전 오월, 자카란다꽃 보랏빛 아치를 지나서 떠난 사람에게 이 책을 읽어 주고 싶다.

그에겐 아내를 위한 변명의 말이 프랑스 치즈 가짓수보다 많았다. 내 실수엔 항상 '그럴만한 이유'가 있다고 이해를 해 주던 그가 이 책을 읽으며 "수고했소. 나라면 이렇게 못 썼을 걸?" 빙그레 웃는 모습이 눈에 보이는 듯하다.

〈버지니아에서 온 편지〉와 〈명함에 남은 이름〉 영역을 열심히 읽고 고쳐 준 앤드루와 캐런, 모두 모두 고맙다.

2014년 5월 로스앤젤레스에서

박유니스

목 차
# Contents

Chapter

# 바구니에 담은 소망

# 샌 앤드루스 골프장

런던 킹스 크로스 기차역에는 새벽안개가 자욱했다.

전날 저녁에 히스로 공항에 도착해서 런던에서 하루 쉬고 다음 날 일찍 에딘버러 행 기차를 탔다. 런던에 사는 남편 친구의 따님 에든버러대학 졸업식이 바로 다음 날이어서 그 졸업식 참석도 겸해서였다.

기차는 느린 속도로 잉글랜드 반도를 북쪽으로 달린다.

남편과 친구 Mr. 강 내외는 대학 재학시절부터 함께 어울리던 동기들이어서 대화의 소재가 무궁무진하다. 동문이기는 하지만 나와는 전공도 다르고 무엇보다 나보다 다섯 학번 위인 그들의 학창시절 애기는 오며가며 들리는 영국식 영어만큼이나 귀에 설었다.

스코틀랜드가 가까워지자 눈앞에 바다가 가득 펼쳐졌다. 북해의 검푸른 물결이 기차 창밖으로 다가왔다가 멀어지곤 한다. 멀리 바다 저

편으로 바이킹들의 배가 금방이라도 불쑥 파도를 넘어서 나타날 것만 같은 북해, 그 이름처럼 한없이 검고 아득했다. 사흘 뒤, 이번 스코틀랜드 여행에서 무엇보다 기대했던 샌 앤드루스 골프장 1번 홀에 섰다.

샌 앤드루스는 골프가 맨 처음 시작된 곳이다. 그곳 넓은 초원에서 양을 치던 목동들이 심심풀이로 양을 몰던 작대기로 돌을 쳐서 작은 구멍에 넣기 내기를 하던 것이 현재와 같은 골프로 발전했다고 한다. 북해에서 불어오는 거센 바닷바람과 자연지형을 최대한 살려 디자인한 관계로 핸디 15안팎의 우리 일행에게는 공략하기에 만만치 않은 코스였다.

그 무렵 우리 부부는 주말이면 동이 터 올 무렵부터 라운딩을 하다가 석양이 지나 공이 보이지 않을 때까지 골프장에서 살다시피 했다. 공을 치다가 허리도 삐끗하고 양쪽 어깨가 모두 빠져 운전을 못할 지경이 되어도 한의원을 찾아가 침을 맞고 또다시 필드로 달려나가곤 했다.

골프는 인간의 죄를 벌하기 위해 스코틀랜드의 칼비니스트들이 만들어낸 전염병이라는 말이 있다. 아이들이 대학에 원서를 넣기 시작하며 우리의 조언이 필요하던 시간에도 우리는 필드에서 힘을 빼고 있었다. 아들이 MIT로부터 서류미비로 입학 심사에서 제외되었다는 연락을 받고서야 우리 부부를 침범했던 전염병의 위력을 실감했다.

벙커는 무시무시하게 높고 북해에서 불어오는 바람은, LA에서 라면 그런 날은 골프를 포기할 정도로 거셌다. 러프는 한 번 빠지면 다음

홀의 방향이 아닌 지나온 홀 쪽으로 탈출해야 할 정도로 깊고 질겼다. 특이한 점은 그 골프장은 개를 끌고 필드를 도는 것이 허용되어 있었다. 애완견이라고 보기에는 조금 무리다 싶은 엄청나게 덩치가 큰 그레이트데인이나 세인트버나드를 목줄도 없이 거느리고 라운딩하는 영국인들에게 우리는 공연히 주눅이 들었다.

몇 년 전 샌 앤드루스에서 매스터스대회가 열렸을 때였다. 혜성같이 나타난 프랑스인 신예가 첫날부터 리더 보드(leader board)에 이름을 올리며 선두를 달렸다. 그러나 마지막 날, 승리의 신은 그를 외면했다. 그날 16번 홀까지도 선두를 굳게 지키던 그는 클럽 하우스가 저만치 보이고 승리가 눈앞에 어른거리는 17번 홀에서 공을 물에 빠뜨렸다. 세 타수 만엔가 물에서 탈출한 그에게 챔피언은 이미 물 건너간 뒤였다.

그날 매스터스를 취재한 〈로스앤젤레스 타임스〉의 기사 제목은 〈French Disconnection〉이었다. 진 헤크만이 주연한 영화 〈French Connection〉을 패러디해 뒷심이 약한 프랑스인을 비하한 것이다.

스코틀랜드의 부서진 성벽 곁의 억새꽃을 스치며 은은히 들려오던

종소리. 창밖으로 북해의 물결이 잡힐 듯 포효하던 어느 저택에서, 실내악단이 연주하는 현악 사중주를 들으며 악장 간 잠깐 연주가 멈춘 사이 비몽사몽 잠에 취해 있던 남편이 조용한 실내에서 혼자 손뼉을 쳤던 일. 그때 그가 얼마나 피곤했을까. 이제는 곁에 없어 물어볼 수도 없는 남편과 잉글랜드 반도를 기차로 종단하던 그때가 어제인 듯 그립다.

# The one you love

딸네를 LA공항에 내려 주고 405 프리웨이를 천천히 달렸다. 새벽이 푸르스름하게 공기 속으로 풀려들고 있었다. 차 안에 흐르는 모데라토의 〈헝가리안 랩소디 2번〉 사이로 핸드폰이 짤막하게 울린다. 이 새벽에 누굴까? 딸은 지금부터 다섯 시간 후에나 덜레스 공항에 무사히 도착했다는 전화를 걸어 올 텐데.

끊겼던 전화가 다시 울린다. 지난 연말에 핸드폰을 새로 구매해서 벨소리들을 모두 바꾼 탓에 누구 전화인지 얼핏 생각이 나지 않는다. 세 번째 전화가 다시 울릴 때에야 나는 화들짝 놀랐다. 딸의 전화벨 소리였다. 조금 전 공항에서 헤어졌는데 무슨 일로 몇 번씩 전화하는 걸까?

급히 로컬 길에 내려서 차를 세웠다. 딸이 다급한 목소리로 제 지갑이 보이지 않는다고 한다. ID가 없으면 비행기 탑승이 어려울 게 아닌가. 차 안을 둘러보았다. 뒷좌석 시트 위에 딸의 지갑이 얌전히 놓여 있다.

공항으로 다시 가기 위해 오던 길을 되짚어 405 프리웨이 노스바운드로 차를 돌리는 순간이었다. 갑자기 눈앞이 환해지며 한 줄기 섬광이 터졌다. 곧이어 차 뒤편에서도 불빛이 번쩍했다. 어두컴컴한 새벽길에 'No Turn on Red' 표지판이 희미하게 나타났다. 신호위반 몰래카메라 세례를 받은 것이다. 하필이면 〈헝가리안 랩소디〉는 음울한 톤의 5번으로 바뀌어 있었다.

매해 포토맥 강변에 벚꽃이 필 무렵이면 DC에 있는 딸네 집을 방문한다. 올해 다섯 살이 된 데이비드와 재롱이 한창인 엘리스를 보고 오면 그 애들이 LA로 오는 연말을 또 손꼽아 기다린다. 지난 12월 마지막 주에도 카시트 두 개를 차에 싣고 두근거리는 가슴을 안고 LA 공항으로 나갔었다. 한 카시트에 한 녀석씩 앉히고 딸과 사위를 태우고 집으로 오는 길은 세상의 어떤 것도 부러울 것이 없다.

넷의 시선이 일제히 내게 꽂히는 공항에서의 상봉은 그러나 내가 어느 때보다 시선 관리를 잘 해야 하는 순간이다. 데이비드와 엘리스는 그리던 캘리포니아 할머니가 당연히 저를 먼저 안아 줄 것을 기대한다. 하지만 어쩌랴. 내 시선은 저희들 어미에게, 사랑하는 내 딸에게 제일 먼저 꽂히는 것을.

데이비드가 첫 걸음을 떼었을 때 딸이 비디오를 찍어 보내왔다. 비틀거리면서 아이는 용케도 넘어지지 않고 거실의 이쪽저쪽을 오갔다. 딸은 아이에게 카메라 쪽을 쳐다보게 하려고 연신 "데이비드, 데이비드"하며 아이의 이름을 불렀다. 그 대견한 손자의 첫 걸음마를 보고 손뼉을 치면서도 나는 모습은 안 보이고 아이를 부르는 목소리만 들리는 딸의 모습이 더 그리웠다.

데이비드가 처음으로 프리스쿨에 가던 날, 딸이 전화했다. 부엌 창문으로 아이를 태운 노란 스쿨버스가 길 건너편에 도착할 순간을 기다리며 벌써 아들이 보고 싶다고 울먹였다. 나는 엉뚱하게도 제가 결혼하던 때를 생각하고 있었다. 딸이 LA에서 결혼식을 마치고 신혼여행을 다녀와 사위의 직장이 있는 동부로 떠나던 날의 내 심정을 딸은 엘리스가 결혼해 집을 떠나는 그때까지는 짐작조차 못하리라.

온순하고 사려 깊은 딸은 시어머니와도 다정하게 지낸다. 주말마다 아이들을 데리고 시댁을 찾는데 그동안 매 주 만나는 친할머니밖에 모르던 엘리스가 LA를 한 번 방문한 후 어렴풋이 친할머니와 캘리포니아 할머니를 구별하기 시작했다. 이 일이 무척 신기했던 딸은 엘리스가 할머니란 단어만 입에 올리면

"어느 할머니?" 하며 바싹 다가앉았다.

"더 원 유 러브(The one you love)." 엘리스의 대답이었다.

공항 터미널 커브에서 딸에게 지갑을 던져주고 공항을 나서는데 다시 전화가 왔다. 게이트까지 전력 질주한 딸은 숨이 턱에 닿아 있었다. 비행기에 막 탔다고 한다. 이륙 직전이었다. 미리 탑승해서 초조하게 기다리던 남편과 아이들의 대대적인 환영을 받았음은 물론이다.

혹시라도 비행기를 놓친 딸이 다음번 비행기를 탈 때까지 나와 잠시라도 시간을 더 보낼 수 있지 않을까 하는 희망은 물거품이 되어 사라졌다. 나는 기를 쓰고 교통신호 위반 벌금이 얼마나 나올까만 계산하며 다시 405 프리웨이 사우스바운드를 속력을 내어 달렸다.

더 원 아이 러브(The one I love)'도 그렇게 제 자리를 찾아 떠났다.

〈헝가리안 랩소디 2번〉을 다시 듣는다.

# 바구니에 담은 소망

서울의 친구들과 유럽 여행을 마치고 한국에 돌아왔다. 탄천 가의 단풍나무들이 보일 듯 말 듯 색깔을 내기 시작하고 있었다. 그 수줍은 초대를 거절할 수 없었다. 오피스텔에 짐을 풀고 서울에 주저앉았다. 며칠 쉬었다 미국으로 돌아가려던 계획이 두 달을 넘기고 있다.

그동안 두 번의 서프라이즈 모임이 있었다. 첫 번은 이정아 수필가의 새 수필집 ≪자카란다 꽃잎이 날리는 날≫ 출간을 축하하는 모임이었다. 일 년여의 투병과 각종 검사 끝에 신장 두 개를 다 떼어 내고 지금 투석 치료 중인 이 선생을 위로할 겸 깜짝 파티로 본인 모르게 하기로 했다. 부산의 박 교수와 선우미디어의 이 사장과 몇 번의 전화가 오고 간 끝에 율동공원 깊숙이 자리한 식당 '마실'까지 우린 이 선생을 유인해 내는 데 성공했다.

'유 고집(You 고집)', 부군의 표현처럼 한 고집하는 이 선생이 회복되어 이 세 번째 수필집이 유고집(遺稿集)이 되지 않기를 기원했다. 금실 좋기로 소문난 두 분은 내년 1월이면 부부간에 신장도 주고받는다. 그때까지, 이제는 반 고집쯤으로 꺾인 이 선생의 체력과 기력이 온전히 회복되어서 이식받는데 최상의 몸 상태가 되기를 기원했다. 식사 후에 테라스에서 선우 사장이 만들어 온 떡 케이크와 커피로 후식을 들었다. 테라스 밖으로 보이는 율동공원의 단풍잎들이 늦가을 오후의 옅은 햇살에 빨갛고 노랗게 생명의 빛을 뿜어냈다.

얼마 후, 이 선생은 그 날의 꽃바구니에서 시든 꽃들을 버리고 지금은 약을 담아 쓰고 있다는 소식을 전해 왔다. 우리의 축하하는 마음을 담았던 바구니를 이 선생은 회복을 염원하며 약 바구니로 쓰고 있었다. 용도가 바뀌었지만, 바구니 속에는 여전히 마음이 담겨 있다. 축하의 바구니에서 기도의 바구니로 바뀌게 되었다. 언젠가는 약 바구니가 축하카드를 담는 바구니로 바뀌어 쓰이게 될 것이다.

며칠 후, 허윤정 시인과 함께 대성사를

찾았다. 친구 C의 남편 사십구재가 있었다. 고교 때 단짝이던 세 친구가 오랜만에 만나는 자리였다. 뜻밖에 내가 나타나면 남편을 잃고 좀체 추스르지 못하는 C가 많이 위로받을 것이라고 허 시인이 주장했다. 나는 이번엔 서프라이즈 조문객이 되었다. 친구는 초췌한 모습 중에도 나를 발견하고 반가운 기색을 숨기지 않았다.

재가 시작되었다. 주재하는 스님이 목탁을 두드리며 무언가 간절히 기원하는 듯했다. 뜻은 알 수 없었지만 나는 두 손을 모으고 뒤쪽에 어정쩡하게 서 있었다. 몇 명의 친구가 스님을 따라 함께 읊조리는 나직한 목소리를 듣고 적잖이 놀랐다. C와 함께 미션계 여자대학의 영문과로 진학한 친구들의 목소리였기 때문이었다. 그들은 스님을 따라 무릎을 꿇고 절을 하고 영정 앞으로 나아가 향을 사르고 부처님 앞에 익숙하게 불전도 올렸다.

이승을 떠난 영혼은 다음 생에 갈 때까지 육도윤회를 한다고 한다. 49일 동안 안착을 못하고 떠도는데 망자 혼자의 힘으로는 극락으로 직진하기 어렵다고 했다. 산 자들의 정성과 기도가 있어야 한다. 49일 동안 7일마다 드리는 여섯 번의 재는 비교적 짧게 소규모로 지낸다. 마지막 재인 사십구재는 영혼이 다시 태어나는 곳이 최종적으로 결정되는 중요한 순간이므로 지극정성으로 드린다고 한다. 사후 세계를 관장하는 지장보살을 한목소리로 찾았고 아미타불에게 극락세계로 들어가는 문을 열어 사자를 맞아 줄 것을 기원하며 친구는 부처님께 정성을 다해 빌고 절했다.

영정 밑에는 바구니가 놓여 있었다. 그 바구니에는 죽은 자에 대한 기원이 들어있었다. 영혼이 좋은 곳으로 들어가기를 소망하는 염원이 수북이 쌓여 있었다. 같은 기도의 바구니였지만 이 선생의 꽃바구니는 산 자들이 보내는 산 자를 위한 이승의 바구니였다. 여기 놓인 바구니는 산 자들이 이미 이 세상을 떠난 자를 위한 마음을 담은 저승의 꽃바구니였다. 그 다름이 내겐 또 하나의 서프라이즈였다. 때론 상대방이 예기치 않은 마음을 바구니들은 담는다. 삶의 바구니에는 꽃이 담기었다가 약이 담기고 회복이 담기고 그리고 살림살이도 담겨진다. 저승의 바구니에는 슬픔이 담기었다가 위로가 담기고 그리고 안도가 담긴다. 그러나 두 바구니에는 모두 사랑이 담기어 있다.

친구의 남편이 영정 속에서 웃고 있다. 순간 나는 그가 6년의 힘든 투병 대신 진작 극락으로 들었으면 편했으리라는 생각을 문득 했다. 종교를 떠나 우리가 의지할 최고의 지존자는 한 분. 그분 곁이라면 생사(生死)가 한 가지가 아닐까.

초겨울 오후의 대성사 경내를 걸어 내려왔다. 단풍잎들이 화려한 절정의 기억을 안은 채 한 잎, 두 잎 떨어져 내리고 있었다.

(2012. 10.)

# 북경서 온 편지

나도 한때는 신간(新刊)이었다.

화려한 띠지를 두르고 독자들 눈에 가장 잘 뜨이는 진열대의 한가운데에 자리 잡았다. 언론들은 하나같이 나를 극찬했다. 〈뉴욕 타임스〉는 "펄 벅의 소설들 가운데서 가장 극적이고 잊히지 않을 스토리"라고 했고 〈보스턴 글로브〉지(紙)는 "퍼셉티브하고 매혹적인 책"이라고 추켜세웠다. 한국의 한 여대생은 눈물을 흘리며 밤새워 나를 읽고 또 읽었다고도 했다.

세월이 흐르고 사람들은 천천히 나를 잊었다. 나는 매사추세츠 주의 한 허름한 책방에 팔렸다. 창고 건물을 책방으로 개조한 그곳엔 수만 권의 책들이 먼지를 뒤집어쓰고 있었다. 나는 3층 가장 구석진 자리, 헌 책들 사이에 끼여 있었다.

2007년 화창한 10월 어느 날, 그 책방에 어머니와 딸로 보이는 두 사람이 들어왔다. 그들은 나를 찾았다. 주인은 귀찮은 듯 위쪽을 가리켰고 모녀는 층마다 서가마다 찬찬히 살피며 3층까지 올라왔다. 드디어 나를 발견했을 때 그들은 기뻐서 어쩔 줄을 몰랐다.

모녀는 수년 전에 사랑하는 남편이자 아버지를 각각 잃었다. 슬픔에 싸인 어머니를 위해 딸은 뉴잉글랜드 여행을 계획하고 캘리포니아 주에 사는 어머니를 동부로 초청했다. 어머니는 뉴잉글랜드 지방 여행에 앞서 버몬트 주가 무대인 펄 벅의 소설 《북경서 온 편지》를 다시 읽어보고 싶어했다. 버지니아 주의 딸네 집을 나선지 이틀째, 이미 절판되어 인터넷에서도 구하기가 쉽지 않았던 나를 먼지가 수북이 쌓인 헌책방에서 찾아냈다.

공산당이 북경에 들어왔을 때, 엘리자베스는 신변에 위험을 느껴 북경을 빠져나온다. 미국인 아버지와 중국인 어머니 사이에서 태어난 남편 제럴드는 대학 총장으로 재직 중이었고 전쟁의 와중에도 학교를 지키기 위해 중국에 남는다. 아들 레니를 데리고 고향 버몬트 주로 돌아온 엘리자베스는 남편과 다시 만날 날을 고대하며 열정적인 편지를 주고받는다. 그러던 어느 날 제럴드의 마지막 편지가 도착한다.

나의 사랑하는 아내에게,

우선, 내가 당신에게 말하고자 하는 것을 말하기 전에 나는 당신만을 사랑한다는 말을 하고 싶소. 내가 지금 무엇을 하고 있든, 내가 사랑하는 사람은 당신뿐이라는 사실을 기억해 주오. 당신이 앞으로 다시는 내게서 편지를 못 받는다 하더라도, 나는 당신에게 매일 마음속으로 편지를 쓰고 있다는 사실을 알아주기를 바라오.

공산당의 강요로 중국 여인을 아내로 맞아들일 수밖에 없었던 일과 그들의 감시가 심하여 더 이상 편지를 보낼 수 없다는 내용을 끝으로 제럴드로부터 소식이 끊겼다.

몇 년 후, 엘리자베스는 그 중국 여인에게서 제럴드가 탈출을 시도하다가 공산당에게 피살되었다는 슬픈 소식을 전해 듣는다. 다시 몇 달이 지나서 그녀는 제럴드의 아들이 태어났으며 아이를 잘 키우겠다는 소식을 보내왔다.

세월이 흘러 대학에 갈 나이가 된 레니는 그때 자기와 어머니와 함께 중국을 떠나지 않은 아버지를 이해할 수 없었다. 아버지는 어머니를 버린 것이라고 격한 어조로 말하는 레니에게 엘리자베스는 책상 서랍 깊숙한 곳에 감춰두었던 남편의 마지막 편지를 꺼내 레니에게 보여 준다. 내가 그를 사랑하는 한, 아버지는 나를 버릴 수 없다며 엘리자베스는 레니의 말을 반박한다.

버몬트 주에 들어섰다. 산들은 가까워지고 골짜기는 깊어졌다. 차창을 스치는 바람은 산속 공기답게 서늘하고 부드러웠다. Quechee

Gorge로 가는 길 양쪽의 단풍나무들이 붉고 노란 색의 아치를 만들며 두 사람을 맞았다. 마치 북경서 온 편지 속에 묘사된 길로 들어선 기분이었다.

딸은 어머니가 깊은 계곡 안쪽을 유심히 살피는 것을 보았다. 수액이 오르기 전에 과수원의 사탕단풍나무 가지를 모두 전지해야 하므로 지금쯤 엘리자베스네 농장은 눈코 뜰 새 없이 분주할 것이라고 했다. 북경의 제럴드가 보낸 편지를 갖고 오는 배달부를 맞으러 엘리자베스가 저 계곡을 걸어 내려올 시간이 되었다고도 말하는 어머니가 딸은 조금씩 염려스러워지기 시작했다.

어머니는 아직도 아버지를 보내지 못하고 있다.

매일 아침 여섯 시면 아버지는 출근 준비를 마치고 어머니를 깨워 언덕 아래에 있는 노아스 베이글 집으로 가셨다. 함께 커피를 드신 후, 아버지가 차를 타고 회사로 떠나면 어머니는 언덕길을 걸어 집으로 돌아왔다. 어머니는 일찍 일어나야 하는 것을 늘 불평하면서도 아버지가 어머니의 건강을 위해서 그렇게 하신다는 것을 모르지 않았다. 두 분은 금요일 저녁이면 그 주에 개봉된 새 영화를 보았고 골프와 브리지도 함께 하셨다. 골프 실력은 두 분 다 주말 골퍼 수준이었지만 브리지 실력은 롤링힐스에서 아무도 따라올 수 없는 환상의 파트너였다. 어머니는 산책과 골프와 브리지 파트너를 한꺼번에 잃은 것이다.

아버지가 돌아가신 다음 해, 딸은 결혼해서 버지니아 주로 왔다. 어머니를 위한 뉴잉글랜드 여행 내내 어머니는 처음부터 온통 ≪북경서 온 편지≫에만 관심이 쏠려 있었다. 대학 시절 어머니가 제럴드와 엘리자베스의 아름답고 비극적인 사랑을 눈물을 흘리며 거듭 읽었다는 것도 처음 들었다.

딸은 아버지와 어머니가 생전에 이쪽으로 함께 여행하신 적이 없다는 것을 잘 안다. 그런데도 어머니는 계곡과 골짜기에 들어 설 때마다 마치 이전에 같이 온 듯 아버지의 환영을 찾고 있었다. 어머니에게 아버지는 돌아오지 못하는 제럴드였다.

메인 주 바 하버에 도착해서 블루 크랩으로 유명한 '쿼터스 데크'에서 저녁을 먹었다. 노바스코샤 방향으로의 바다는 이미 붉게 물들어 가고 있었다. 노을보다 붉은 포도주를 마시던 어머니가 불쑥 말했다.

"캐런, 제럴드가 엘리자베스를 리젝트한 것 맞지?"

책의 내용을 모르는 딸은 대답할 수 없었지만, 어머니를 지금까지 괴롭히는 속 깊은 실체를 확인할 수 있었다. 아버지가 그렇게 급히 떠나신 건 어머니를 리젝트한 것이라고 어머니는 생각하고 있었다. 어머니는 책의 184페이지 펜으로 밑줄 친 곳을 딸에게 보여 주었다.

There is nothing so explosive in this world as love rejected.

아버지는 더 이상 제럴드처럼 편지를 보낼 수 없다. 그 불가능이 어머니에겐 어떤 의미로 남아 있을까.

책의 내용을 모르는 딸은 대답할 수 없었지만, 어머니를 지금까지 괴롭히는 속 깊은 실체를 확인할 수 있었다. 아버지가 그렇게 급히 떠나신 건 어머니를 리젝트한 것이라고 어머니는 생각하고 있었다. 어머니는 책의 184페이지 펜으로 밑줄 친 곳을 딸에게 보여 주었다.

There is nothing so explosive in this world as love rejected.

# 친퀘테레의 마을들

밀라노를 떠나 피렌체에 와서 다시 버스로 세 시간을 달려 라 스페치아에 도착했다. 이탈리아 반도는 북쪽에 밀라노, 중간쯤에 로마 그리고 남쪽에는 나폴리와 시칠리아가 있다.

친퀘테레는 북서쪽 바닷가, 프랑스의 리비에라 지방과 맞닿은 곳이다. 많은 관광객들이 라 스페치아에서 기차로 출발해 다섯 마을을 둘러보는데 우리는 포르토베네레 항구에서 유람선을 타고 북쪽으로 가며 친퀘테레를 본 뒤에 다시 기차로 다섯 마을을 차례로 들러보기로 했다.

이탈리아인들은 좋은 것은 모두 높은 곳에 둔다. 옛 신전도, 고성들도, 대성당도 모두 언덕 위거나 계단 높이 있다. 그런데 유네스코가 1997년에 세계 인류문화유산으로 지정한 다섯 마을이라는 뜻의 친퀘테레(Cinque Terre) 마을은, 태생적으로 이탈리아인들이 선호하는 아득한 고지에 위치해 있었다.

배가 미끄러지듯 바다로 나서자 눈앞에 나타난 첫 번째 마을 리오마조레의 모습에 숨이 턱 막혔다. 아찔하게 높은 해안가 절벽에 마을이 아슬아슬하게 붙어 있었다. 마치 엽서를 보는듯한 은은한 파스텔 색조의 오래된 집들은 지중해의 짙푸른 쪽빛과 어울려 그림처럼 바다에 떠 있었다.

절벽을 따라 다섯 마을이 차례로 나타났다. 멀리서 다섯 마을을 연결하는 기차는 낮은 구릉 쪽의 산속으로 감쪽같이 사라졌다가 한참 만에 굴을 빠져나와 저쪽 산모퉁이에 모습을 드러내곤 한다. 유럽 대륙이 수많은 서양화 화가들을 배출할 수 있었던 건 이런 빼어난 경관이 그 배경이 되었던 것을 짐작할 수 있었다. 마치 파리의 오르세 미술관에 들어와 있는 듯한 착각마저 들 정도였다.

배로 내려오면서 얼핏 본 산 중턱에 비둘기집처럼 매달린 카페가 멋져 보였다. 베르나차에서 기차를 내려 당찬 J와 손을 잡고 층계를 올라갔다. 언덕은 가파르고 오른쪽 절벽 아래는 수십 길 바다였다. 간신히 카페까지 올라갔는데 그때가 마침 카페가 문 닫는 시간이라고 했다. 언제 다시 이곳에 올 수 있을지 무척 아쉬웠다.

베르나차 바다 언덕에는 높은 망루가 있었다. 아프리카 북쪽의 사라센들이 배를 타고 바다를 건너와 노략질을 하고 달아나곤 했는데 그들이 오는 것을 감시하던 망루였다고 한다.

밤나무 숲길로 난 그윽한 소로(小路), 해 질 녘 거대한 저녁 해가 빨갛게,
천천히 숨어버리던 지중해의 긴 수평선. 눈물이 흐를 것만 같이 행복해지는 절
경이었다.

북쪽 끝 마을 몬테로소는 다른 마을들과 달리 내륙 쪽에 붙어있어서 최근에 개발된 흔적도 있고 도시 냄새도 조금 풍겼다. 이곳은 포에니전쟁에서 한니발을 격파하고 승리한 로마가 원주민을 그 지역에서 내쫓고 로마의 귀족들에게 나누어 주었던 땅이다. 포도밭과 올리브나무들이 비스듬한 언덕에서 지중해의 뜨거운 햇볕을 쬐고 있었고 좁은 땅에서 오래된 무덤들마저 없애지 않고 정갈하게 간수하고 있는 모습에서 자신들의 땅에 대한 주민들의 애착을 볼 수 있었다.

구릉 사이에서 푸르고 불그스름하게 익어가던 포도들, 멀리 산정에 보일 듯 말 듯 엎드린 마을들, 그 사이 밤나무 숲길로 난 그윽한 소로(小路), 해 질 녘 거대한 저녁 해가 빨갛게, 천천히 숨어버리던 지중해의 긴 수평선. 눈물이 흐를 것만 같이 행복해지는 절경이었다.


로마의 트레비 분수는 여행객들이 내뿜는 흥분과 열기로 9월인데도 숨이 막힐 지경이다. 그 인파를 뚫고 분수 앞으로 다가갈 용기가 안 난다. 우리는 길쭉 가게 앞 분수가 보이는 처마 밑에 나란히 앉아 이열치열로 에스프레소를 홀짝거렸다. 친구들과 십 여 년 전 이곳에 왔을 때는 인파를 뚫고 분수 난간에 기대어 옆 친구들을 바꾸어가며 사진도 여러 장 찍지 않았던가.

동행인 J교수 내외와 K는 커피를 보면 언제나 바싹 다가앉는다. 세계 각국의 커피를 고루 맛보려면 이탈리아 여행이 제격이다. 커피 한 잔에 1유로이니 값이 저렴하고 맛도 일품이다. 커피를 서브하는 잘 생긴 시늉은 태도도 은근하다. 파리에 있을 때도 에스프레소를 즐겼지만, 프랑스 뭇슈들은 대체로 외국인에게 불친절하다. 특히 영어로 주문하면 못 들은 척하기 일쑤다.

게다가 미국과는 달리 프랑스에서는 식당에서 웨이터가 먼저 다가오기를 조용히 기다려야 한다. 그들을 오라가라 하는 건 예의에 크게 벗어난다. 영이(英伊)사전과 영불사전을 갖고는 다니지만 바쁜 일정 중에 펴볼 겨를이 없다.

로마를 떠나던 날, '수다방' 친구들에게 줄 앙증맞은 부엌 수건도 열두 개 샀다. 다음 여행엔 모두 함께 왔으면 좋겠다. 십여 년 전 떠들썩하게 서 유럽을 여행하던 때가 그립다. 졸업하던 다음 달부터 한 달도 안 거르고 모임을 갖는 친구들이다. 월셋방에서 전셋방으로 그리고 강남의 아파트로, 조교에서 정교수로 그리고 은퇴하기까지 이어지는 모임은 '수다방'이라는 사이트가 있어 가능했는지도 모른다. 멤버는 문과반이 주축이어서 국문, 중문, 영문, 독문, 불문과 졸업생들

이다.

십 년 전 서 유럽을 여행하던 그때, 우리 일행이 탄 버스가 오스트리아 국경에 가까워지자 독문과 출신 친구가 나는 어쩐지 두통이 난다며 버스에 길게 드러누워 버렸는데 파리에 와서야 그 이유를 알고 친구들 모두 뒤로 넘어갔다.

앞서도 말했지만, 유럽 웨이터들은 좀처럼 손님들의 식탁에 다가오지 않는다. 급하면 카운터에 가서 가져와야 하는데 파리에 와선 버터나 냅킨 심부름이 모두 내게 떨어졌다. 뮈세나 사르트르라면 또 모를까 냅킨이나 버터 등의 단어를 그때까지 기억할 리가 있는가. 편리한 대로 영어로 주문했는데 그때 멀찍이 식탁에서 나를 지켜보던 친구들이 이 사실을 알고 있었을까.

귀국하는 길에서였다. 누군가 내년엔 중국을 여행하자고 했다. 중문과를 졸업한 L이 대번에 나는 내년엔 바빠서 여행을 못할지도 모른다고 한다. 또 한 번 웃음바다가 되었다.

# 어떤 감사

교회 뜰에 한 여름의 눈부신 햇살이 쏟아져 내리고 있었다.

천천히 차를 주차하고 건물 안으로 들어섰다. 삼십 대 초반인 지인의 아들이 뜻밖의 사고로 세상을 떠났다. 그 아들에 대한 부모의 남달랐던 기대를 아는 터라 위로할 말조차 떠오르지 않았다. 인간의 생사화복이 하나님의 뜻이라고는 하지만 이렇듯 젊은 죽음에 이르러서는 참으로 하나님의 뜻을 헤아리기 어렵다.

식장에 들어서며 고인의 부모를 찾았다. 만면에 웃음을 띠고 조문객들을 맞고 있었다. 아들이 천국에 갔으므로 감사하다는 것이다. 그 순간 나도 그들과 한가지로 감사하다고 말해야 할지, 그래도 애석하다고 해야 할지 할 말을 잃었다. 이것이 진정한 믿음일까. 신앙적인 위선일까. 극도의 슬픔으로 정상적인 사고의 기능이 마비라도 된 것일까.

식이 시작되었다. 주례자는 오늘 예배의 모든 순서가 고인 부모의 요청으로 잔칫집의 분위기로 진행될 것임을 알렸다. 기도는 그를 특별히 사랑하여 일찍 불러 가신 하나님께 대한 감사로 이어졌고 설교는 죽음 뒤에 올 부활의 소망에 초점이 맞춰졌다. 천국 문에 다다르고 있을 그의 발걸음에 힘을 북돋아 주려는 듯 활기찬 찬송을 끝으로 우리는 젊은 고인을 위한 천국환송예배를 마쳤다.

여기저기 아는 얼굴들과 가벼운 눈인사를 주고받으며 나올 때였다. 한쪽 구석에서 어깨를 들썩이며 오열하는 여인이 눈에 띠었다. 고인의 약혼녀였다. 순간 그 자리에 못 박힌 듯 움직일 수 없었다.

긴 세월동안 그녀는 그와 몸을 나누며 행복한 삶을 이어 가려고 했으리라. 아침에는 그의 체취를 느끼며 눈을 뜨고 저녁에는 그의 팔에 안겨 잠들 꿈을 꾸었을 것이다. 그의 육신을 빌어 아이를 낳고 그 아이가 자라며 줄 그 많은 즐거움을 그와 함께 누렸어야 했다. 부모의 친지들이 애써 밝은 표정을 짓고 그의 영혼을 높은 곳으로 밀어 올리고 있을 때 그녀는 그녀에게 익숙한 그의 육신을 낮은 곳에서 붙잡고 싶었을 것이다. 그의 죽음은 그녀에게도 감사의 제목만으로 다가와야 하는가.

감사(感謝)라는 단어는 느낄 감(感)과 사례할 사(謝)로 되어 있다. 사(謝) 자에는 말(言)과 몸(身) 자가 들어 있다. 진정으로 감사하는 자세는 마음으로만 감동하는 것이 아니라, 말로 나타내고 몸으로 표현하고 헌신한다는 뜻일 것이다. 감사에 '사'는 없고 '감'만 있을 때 그것은 진정한 감사가 아닌 느낌 수준의 감사에 지나지 않는다.

서둘러 밖으로 나왔다. 교회 뜰에는 눈부신 햇살 대신 저물녘의 늑진함이 깔려있었다. 고작 서너 시간도 못 버틸 햇살이었다.

# 입양 손녀 헤이리

아들네가 드디어 아이를 입양하게 되었다. 비교적 늦은 나이에 결혼한 아들 내외에게 첫 아들이 태어난 후, 딸의 건강을 염려한 며느리의 친정어머니는 두 번째 아이는 입양하기를 권했다. 나는 내심 섭섭한 마음이었지만 아들 내외는 입양하는 쪽으로 마음을 굳혔다.

아들과 며느리는 카운티에서 요구하는 입양 자격 조건을 갖추기 위해 체중도 줄이면서 카운티에서 제공하는 모든 교육 프로그램을 빠지지 않고 이수했다. 삼 년을 기다린 끝에 인종, 성별 가리지 않고 주시는 대로 받겠다고 기도한 아들네에게 푸른 눈의 헤이리가 왔다.

애초에는 손자에게 함께 뛰어놀 동생을 만들어 주기를 원했지만 여러 가지 사정으로 입양이 늦어졌다. 벌써 일곱 살이 된 브라이스와 헤이리는 함께 소꿉놀이하기에도, 레고 쌓기를 하기에도 어울리지 않게 나이 차가 벌어졌다. 게다가 아직 숱은 적지만 금발에 푸른 눈이 호수 같은 헤이리와 브라이스는 어디로 보나 친 남매로 보이지 않는다.

유아용 의자에 앉은 헤이리와 눈이 마주쳤다.

두 손을 들어 올리며 내게 안겨 올 자세를 취한다. 아이에게 다가갔을 때, 헤이리의 푸른 눈에 시선이 머물 때 선뜻한 이질감이 느껴진다. 푸른 눈이든 검은 눈이든 지금 부모가 필요한 아이인데도. 어깨를 돌렸다가 돌아보니 아이의 조그만 두 주먹이 힘없이 아래로 처진다.

헤이리가 아들네로 와서 석 달쯤 됐을 무렵 며느리의 어머니가 만나자는 전갈을 보내왔다. 나와 동갑인 사돈은 평소 안온한 그녀답지 않게 나를 질책했다. 사돈은 아기를 돌보느라 상한 어미의 얼굴을 보셨느냐. 이렇게 늦은 나이에 갓난아이를, 그것도 어쩌자고 눈도 머리카락 색도 저렇게 다른 아이를 겁도 없이 입양하는 걸 보고만 있느냐고 따졌다. 입양이 늦어지고 아이의 피부 색깔도 사돈이 원했던 것과는 다른 것이 문제가 된 것이다. 브라이스를 맡아 키우다시피 한 그분으로서는 당연한 염려였지만 애초에 아들 내외에게 입양을 권고한 건 그 자신이 아닌가.

나는 며느리보다는 아들의 입장을 생각했다. 노후대책을 세우기 시작해야 할 40대 중반에 이제 갓 태어난 아이를 떠맡는 아들의 무거워진 어깨가 안쓰러웠다. 며느리는 교사로 늘 교재 준비와 학부모들과의 상담으로 바쁘다. 주말이면 그동안 브라이스가 아빠와 함께 하던 모든 즐거움, 둘이서 수영 클래스에 가고 함께 자전거를 타고 즐기던 운동게임도 얼마 동안은 접어야 할 것이다.

헤이리는 낳은 부모가 포기한 아이가 아니다. 아버지도 모른 채 태어난 아이는 엄마가 약물중독 증상이 있어 카운티에서 강제로 빼앗아 아들 가정에 위탁했다. 그런데 지난 10월 코트에서 입양 히어링이 있던 날, 아이 엄마는 끝내 나타나지 않았다. 내년 1월 마지막 히어링 날에 최종 입양이 확정되는데 그날을 기다리는 아들과 며느리의 마음은 절박하다.

먼 옛적에 노아의 방주에서 살아남은 세 형제 중 지금 제일 뛰어난 족속이라 할 수 있는 셈의 후손이 40대 중반의 야벳의 후손에게 고단한 일생을 의지하려는 것과 같다고나 할까. 6·25전란 이후 지금까지 온 세계 사람들이 20만이 넘는 한국의 아이들을 입양해서 가정을 주었는데 그 은혜에 우리가 보답할 차례가 된 것일까. 며느리는 내년이 아닌 지금 당장 아이를 돌려보낸다 해도 깊은 충격에서 빠져나오기가 쉽지 않을 정도로 아이에게 애착을 보인다.

헤이리가 자라기에 가장 좋은 환경의 가정을 하나님께서는 어디다 예비해 두셨을까. 나와 뜻을 합쳐 아들 내외의 입양을 막으려는 사돈의 입장에 찬성 못하고, 수세에 몰린 며느리의 편도 들어주지 못하는 내 입장이 딱하다. 헤이리는 하루가 다르게 키가 자라고 지혜가 늘어 가는데.

다저스의 포스트 게임이 있던 날, 아들은 나와 장모를 타운의 식당에 초대했다. 식당안 사람들의 시선이 일제히 헤이리와 우리에게 쏠렸다. 아이를 돌보느라 아들과 며느리는 밥도 제대로 못 먹고 게임에도 집중하지 못한다. 사돈은 일찌감치 식사를 끝내고 TV만 뚫어지라 쳐다본다.

식탁을 돌아 헤이리 쪽으로 다가갔다. 아들이 먹이던 헤이리의 우유병을 받아 쥐었다. 우유를 다 먹은 아이가 두 손을 뻗는다. 생명을 향한 손짓이다. 아이를 안아 올렸다. 아이의 몸이 따뜻했다.

식사가 끝나고 앞서 나오며 보니 며느리는 아이를 안고 눈을 맞추며 걸어 나온다. 아들은 한 손엔 헤이리의 가방을 들고 다른 손으론 유모차를 밀며 아이에게서 눈을 떼지 못한다. 아이는 이미 내 손녀였다.

(2013. 9.)

# 다·대포

멀리 수평선만 보이는 단조로운 바다가 아니다.

모래톱이 여기저기 드러나 있고 썰물 때는 물밑에 잠겨있던 녹지도 살짝 드러나고.

바다와 강이 어우러진 한적한 포구였는데, 강은 흔적도 없고 바다는 여전히 아름답네.


그렇게 세월이 흐르고 우린 이렇게 나이를 먹었는데 밀물과 썰물은 예나 지금이나 같은 시간에 들어오고 같은 시간에 밀려나가고.

누군가에게는 생각만으로도 아파지는 장소이고 누군 그곳에 은퇴 후 새 보금자리를 꾸미고.


동생이 가고 우리 집은 가세가 하루가 다르게 피기 시작했는데 잠시 집안에 찾아온 가난을 동생은 목숨으로 치르고.

저쪽 모래톱에서 이쪽 모래톱으로 건너온 잠깐 사이에 세월은 저만치 흘러가 버렸네.


서대신동 종점에서 전차를 내려 다대포까지는 10리 길이었다. 흙길 신작로 양옆으론 나지막한 언덕에 기대어 산소들이 띄엄띄엄 누워 있고 좁은 나무다리 아래 실개천에선 농부들이 막 밭에서 뽑은 배추를 씻고 있었다. 서대신동 종점에서 전차를 내려 그 10리 길을 걸어 동생과 나는 다대포 바닷가에 조개를 주우러 다녔다. 어렵던 피난지에서 그 일은 여름방학 동안 열 살 먹은 나와 아홉 살 된 동생이 집안 살림을 도울 수 있는 유일한 길이었다.

늘 포구 마을 앞 바닷가에서 조개를 줍는 우리에게 해녀들이 다가와 저쪽 섬에 가면 조개를 더 많이 캘 수 있다고 알려 주었다. 그날 먼 섬으로 물질 나가는 그 해녀들의 배에 끼어 탔는데 썰물에 드러난 모래톱에 나와 동생을 내려주고 떠난 배가 해가 지도록 돌아오지 않았다. 썰물이 밀려와도 배에서 내린 그 모래톱에서 기다려야 했다. 내가 동생을 목마 태우고 육지에 가까운 다른 모래톱으로 옮겨간 것이 문제였다. 모래톱이 완전히 물에 잠긴 바다 한가운데서 나와 동생은

엄마를 부르며 목 놓아 울었다. 바다에 캄캄한 어둠이 내려앉기 직전, 배가 간신히 나와 동생을 발견했다.

딸만 내리 셋을 둔 집안에 셋째인 내 아래 연년생으로 남동생이 태어났다. 온 집안의 축복 속에 태어난 동생은 몸이 약했다. 동생은 머리가 아프다며 조그만 손을 자주 이마에 대고 있곤 했다. 피난지에서 폐결핵에 걸린 둘째 언니와 동생은 늘 자리에 누워 있었는데 어찌된 일인지 어머니는 언니의 간호에 더 신경을 썼다. 파스와 나이드라짓 등 결핵 치료제들을 엄격히 시간 맞춰 언니에게 먹이면서 외아들인 동생에겐 상대적으로 무심했다.

그 비밀을 먼 훗날 큰언니에게서 들었다. 어머니가 둘째언니를 가져 태몽을 꾸었는데 길을 걷는 어머니 손에 낀 다이아몬드 반지의 광채가 앞길을 환히 비추더라고 했다. 그에 비해 동생의 태몽은, 도인이 금 그릇을 주기에 무심히 받고 보니 뚜껑이 구리뚜껑이더라고 했다. 늘 머리가 아프다는 동생을 어머니는 태몽을 생각하며 일찌감치 마음속에서 포기했는지도 모른다. 우리 집안이 가장 어려웠던 시기였다.

다대포의 그 날 이후 동생은 병이 깊어졌다. 온 나라가 소란스럽던 그때 동생은 병명도 모르는 채 세상을 떠났다. 곧이어 부산지구 급양대에 군납을 시작하며 집안은 불 일 듯 일어났고 그 무렵 마침 발명된 스트렙토마이신을 한 가마쯤 먹고 언니는 병에서 깨끗이 회복되었다.

작년 가을 한국에 나갔을 때, 은퇴 후 그곳 몰운대 아파트로 이사한 친구를 만나러 가는 길에 하단 포구에 가 보았다. 서대신동 전차 종점쯤으로 짐작되는 곳에서 전철을 탔다. 그 옛날 흙길 십 리는 듣기에도 낯선 전철역의 이름들로 채워져 있었다. 서대신, 대티, 괴정, 사하, 당리, 하단. 나지막한 언덕에 둥지를 틀고 있던 사자들의 유택들도 흔적조차 남아있지 않았다. 하단역에서 전철을 내려 포구로 갔다.

포구에 가까운 모래톱과 녹지는 모두 매립된 듯했다. 육지가 된 매립지에는 엄청나게 큰 물류창고들이 자리 잡고 있었다. 멀리 밀려난 겨울 바다는 흐릿한 회색으로 출렁이고 있었다.

멀어진 바다는 해안을 향해 달려오기를 멈추지 않는다.


아픈 한 시대가 그 흐린 바다와 함께 거기 머물러 있었다. 나와 동생이 구원의 손길을 애타게 기다리던 모래톱 부근엔 물류창고들 사이를 트럭들만 바삐 오가고 있다. 강원도 함백산에서 600리를 달려온 낙동강은 그 어느 어름에서 슬며시 바다로 스며들었다. 동생의 흔적처럼.

# 2

Chapter

버지니아에서
온 편지

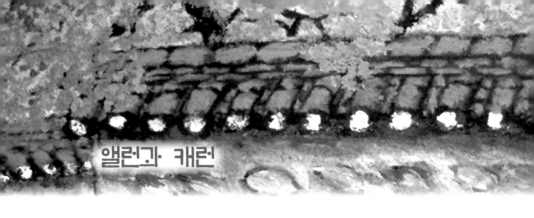

서울시 종로구 계동 산 144의 4번지.

그 당시 계동에선 드물게 보는 양옥집이었다. 대문을 들어서면 왼쪽으로 후원으로 통하는 중문이 있었다. 중문을 지나면 행랑채가 있고 행랑채를 지나서 안채로 들어가는 현관이 있었다. 나의 세상과의 첫 조우, 그러니까 내 최초의 기억은 네 살 무렵의 이 집에서 시작된다.

이 집은 원래 고종황제가 아드님 의친왕을 위해 지어서 하사한 집이다. 두 번 집주인이 바뀐 후에 우리 집에서 사들였다. 좁은 골목길 건너편에는 그 당시 최초의 백화점을 소유한 박흥식 씨의 본가가 마주하고 있었고, 언덕 조금 아래로 저만치 여운형 씨의 파란 대문집이 보였다.

옆 가회동과 원서동에는 조선의 왕손들이 사는 궁가가 여럿 있었다. 그중의 한 집 가회동의 흥완군 댁(흥선대원군의 형님)에 새 며느리가 시집오셨다. 대전여고를 졸업하고 신부 수업을 하고 있던 파평 윤문 을섭 규수 댁에 어느 날 서울의 대갓집에서 간택하러 오신다는 기별이 왔다. 새댁의 친정은 임오군란 때까지는 서울 종로구 예지동에서 살았는데 군란 후에 모든 벼슬을 버리고 충남 예산 대흥면에 내려와 살았다. 노론의 수장 우암 송시열의 사돈댁이기도 했다.

그 새댁의 손자가 지금 내 사위다. 언니 등에 업혀 궁가에 놀러 가면 대청마루 끝에 얼핏 보이던 그 댁 종부가 먼 훗날 나와 사돈을 맺게 될 줄을 어찌 알았으랴. 우리 집 뒤뜰은 창덕궁과 면해있어서 나지막한 담을 하나 넘으면 바로 창덕궁, 지금의 비원이었다. 가끔 어느 고귀한 분의 눈에 뜨이면 한과를 얻어먹고 했다는데 나는 그분의 얼굴이 기억에 없다. 그렇게 비원으로, 궁가로, 재동초등학교 운동장으로 다니며 행복하게 지내던 시절은 6·25 전쟁과 함께 끝이 났다.

전쟁이 나자 계동과 원서동, 가회동 사람들은 모두 부산과 대구 등으로 뿔뿔이 흩어졌다. 흥안군 댁 종부는 남편이 윤비 마마 피난 작전에 수행하게 되어서 홀로 아이들을 데리고 피난을 떠나야만 했다고 한다. 전쟁이 끝난 후 거의들 본댁으로 돌아왔지만 우리 집은 피난지 부산에 눌러앉았다. 흥완군 댁의 종부는 슬하에 2남 2녀를 두셨고 큰따님 이유희가 미국으로 이주하여 아들 앨런을 낳아 키워서 카네기 멜론 대학에 보냈다.

흥완군 댁에서 종부를 맞아들이던 무렵에 안동의 고령 박씨 댁에서는 역시 파평 윤문의 규수 윤수규를 며느리로 맞았다. 그분의 셋째아들 박병기가 미국으로 이주하여 나와 결혼했다. 훗날 우리의 딸

   홍완준 댁에서 종부를 맞아들이던 무렵에 안동의 고령 박씨 댁에서는 역시 파평 윤문의 규수 윤수규를 며느리로 맞았다. 그분의 셋째아들 박병기가 미국으로 이주하여 나와 결혼했다. 훗날 우리의 딸 캐런이 카네기 멜론으로 진학해서 앨런을 만나 결혼하게 된다. 그래서 캐런과 앨런은 각각 친할머니와 외할머니가 같은 문중의 어른들이시다

캐런이 카네기 멜론으로 진학해서 앨런을 만나 결혼하게 된다. 그래서 캐런과 앨런은 각각 친할머니와 외할머니가 같은 문중의 어른들이시다.

만일 전쟁이 일어나지 않고 그대로 종로구에 나란히 살았어도 두 아이가 만날 수 있었을까. 딸과 사위의 결혼은 이루어지지 못했을지도 모른다. 딸과 사위는 지금 메릴랜드 주의 시댁과 멀지 않은 버지니아 주에서 데이비드와 앨리스를 기르며 다복하게 살고 있다.

계동 우리 집은 몇 년 전에 가 보니 사 층짜리 다세대 주택이 되어 있었다. 다세대 주택도 예전의 우리 집처럼 비원과 담을 같이 하고 있어서 1층 집 사람들은 집 창문에서 비원 뜰로 곧장 뛰어내릴 수도 있게 지어진 것을 보았다. 예전 우리 집은 담장을 경계로 창덕궁과의 사이에 너른 뜰이 있었으나, 궁궐에 바짝 붙여지은 다세대 주택의 담장은 권력이 사라진 망한 왕조의 뒷모습을 보는 듯해서 쓸쓸했다.

윤을섭 할머니는 손자 앨런의 결혼식 때 미국에 오셔서 뵈었다. 그때까지도 정정하시고 젊었을 적의 고운 모습을 그대로 간직하고 계셨다. 몇 년 전엔 당신이 살아오신 일생을 담아 《맹현 아씨》라는 제목으로 책도 내셨다.

수규 할머니는 캐런이 태어나던 해에 미주리 주의 우리 집에 오셔서 석 달을 지내고 다음 다음 해에 서울에서 돌아가셨다. 멀리 풍산 선영까지 자손들이 성묘 다니기 힘들 것을 염려하셨던지 지금 서울 모란공원에 잠들어 계신다.

# 버지니아에서 온 편지

딸이 소포를 보내 왔다. 포장지를 열어 보니 산뜻한 여름 핸드백 하나와 블라우스 두 벌이 들어있다. 꺼내어 옷장에 보관하고 잘 받았다는 메시지를 딸에게 남겨 놓았다. 저녁 늦게 딸의 전화를 받았다.

"엄마, 데이비드 편지 보셨죠?"

"편지? 그런 거 없던데?"

"네에…?"

딸의 목소리는 비명에 가까웠다.

며칠 전, LA 할머니에게 보낼 소포를 싸고 있는 엄마의 모습을 본 손자 아이가 부리나케 제 방으로 달려갔다고 한다. 한참 끙끙댄 후에 할머니에게 보내는 편지를 곱게 접어서 들고 나왔다. 제 손으로 편지를 소포 꾸러미에 넣고 우체국으로 차를 몰고 가는 동안 내내 소중히 품에 안고 있더라고 했다. 우체국 카운터에도 제 손으로 꾸러미를 올려놓았을 정도로 한시도 소포에서 눈을 떼지 않았다. 그렇듯 정성을 들인 편지가 없어진 것이다.

그날 하루의 기억을 곰곰이 되살렸다. 낮에 소포의 내용물을 꺼낼 때 포장지에 섞여 있는 낙서 같은 A4 용지를 본 기억이 났다. 서둘러 방안에 있는 휴지통을 뒤졌지만 손자의 편지는 없었다. 2주 후면 딸네 가족이 LA를 방문할 예정이다. 집에 들어오면 그 녀석은 제일 먼저 할머니 냉장고에 제가 보낸 편지가 붙어 있는지를 살필 텐데.

그제야 오늘 낮에 로사가 와서 집안을 청소하고 간 것이 생각났다. 이층에 있는 묵은 서류나 폐지들은 내가 직접 폐쇄기에 넣거나 리사이클 통에 넣곤 한다. 제 소관이 아닌데도 깔끔한 그녀는 내가 집을 비운 날이면 슬쩍슬쩍 이층의 휴지를 내다 버리곤 했다. 뒤뜰로 달려나가 리사이클통과 쓰레기통을 뒤집어엎었다. 삽시간에 뒤뜰의 반이 쓰레기로 뒤덮였다.

난생 처음, 맨손을 마다하고 쓰레기 더미를 헤쳤다. 얼마의 시간이 지났을까, 반듯한 종이 한 장이 눈에 띄었다. 손자의 편지였다. 안도의 한숨과 기쁨의 웃음을 지으며 편지를 펼쳤다. 낯익은 서툰 글씨가 A4 용지에 적혀 있었다.

TO : LA GRANDMA

FROM: DAVID

    I LOVE YOU.


꾸깃꾸깃한 편지를 가슴에 안았다. 퀴퀴한 쓰레기의 냄새조차 그리움의 빛이 되어 물밀 듯이 밀려왔다. 곱게 펴서 냉장고에 붙어 있는 데이비드의 다른 편지들 옆에 붙여 놓았다. 그 편지들 중에는 지난봄에 딸네를 방문하고 LA로 떠나던 날, 녀석이 내게 준 편지도 있다. 덜레스공항에서 헤어지기 전, 눈물이 그렁그렁한 눈으로 할머니에게 건네주었던 그 쪽지였다.


GRANDMA, COME BACK SOON WE WILL MISS YOU

    I LOVE YOU DAVID.


비로소 데이비드의 모든 편지가 제 자리에 놓이게 되었다.


5년 전 10월 이른 새벽, 딸의 전화를 받았다. 어젯밤에 급히 병원에 들어왔다고 했다. 의료진이 출산을 막아 보려고 밤새 필사적으로 노력했지만 이제 수술밖에는 달리 길이 없다는 것이다. 수술이라니, 아니 수술이라니. 분만 예정일이 아직 석 달이나 남아 있는데….

"지금 수술실로 들어가. 엄마, 기도해 줘."

그 편지들 중에는 지난봄에 딸네를 방문하고 LA로 떠나던 날, 녀석이
내게 준 편지도 있다. 덜레스공항에서 헤어지기 전, 눈물이 그렁그렁한 눈
으로 할머니에게 건네주었던 그 쪽지였다.

"GRANDMA, COME BACK SOON WE WILL MISS YOU
I LOVE YOU DAVID."

급히 동부 행 비행기에 올랐다. LA에서 2주 전에 태어난 친손자와 느긋이 친분을 쌓아가고 있던 여유가 일순간에 사라져 버렸다.

아이의 형체만을 겨우 갖춘 3파운드에 불과한 핏덩이가 인큐베이터 안에 놓여 있었다. 눈을 꼭 감고 입도 다물고 있었다. 미리 짜 두었다 넣어 주는 엄마의 젖이, 실같이 가느다란 튜브를 타고 가까스로 움직이고 있었다. 그것만이 신생아가 살아있다는 표시였다. 결코 눈을 뜨고 입을 열 것 같지가 않았다. 투실한 친손자의 무게에 익숙했던 내 두 팔은 아무것도 안지 않았음에도 무겁게 내려앉았다.

니큐(신생아 집중 치료실)를 나서서 복도로 나오다가 급히 들어오는 사돈 내외를 만났다. 나는 건강한 첫 손자를 안아 보았지만, 이 분들에겐 처음 맞는 삼대의 혈육이었다. 얼마나 놀라고 기가 막히실까. 바깥사돈이 나와 동문이어서 그동안 무관하게 지내 온 편이었는데 난생 처음 딸 가진 죄인이라는 느낌이 들었다.

매일 병원을 다녔다. 아가를 홀로 니큐에 남겨두고 저녁마다 떨어지지 않는 발걸음으로 딸네 집으로 돌아왔다. 길 양옆으로는 버지니아의 단풍나무 잎들이 나날이 무심하게 붉어지고 있었다.

크리스마스가 가까운 무렵, 손자는 단풍나무들이 잎을 모두 떨구어 버려 낙엽이 수북이 쌓인 길을 달려 집으로 왔다. 한 겨울과 봄이 지나가는 동안 인큐베이터에 언제 있었냐는 듯 무럭무럭 자랐다. 다른 아이들처럼 몸을 뒤집고 머리를 들고 기었고 그리고 드디어 두 발로 섰다.

지금 데이비드는 취미도 많고 동갑내기 외사촌 브라이스와 견주어도 모든 면에서 조금도 뒤지지 않는다. 무엇보다도 녀석의 가슴에는 마르지 않는 샘이 있다. 그곳에서는 늘 신선한 사랑의 샘물이 풍성하게 흘러넘친다. 남달리 받은 큰 사랑을 고스란히 간직하고 있는 듯 보통 아이와는 달리 가족에 대한 사랑이 깊다.

데이비드는 나와 일 년에 두 번 만난다. 포토맥 강가에 벚꽃이 필 무렵엔 내가 워싱턴으로 찾아가고 크리스마스 휴가철에는 딸네 가족이 여기로 온다. 두어 살 무렵부터 헤어질 때가 되면 녀석은 바이바이를 하다가도 저를 안고 있는 부모의 품에서 기를 쓰고 팔을 뻗어 나를 끌어당기곤 했다.

말문이 트이기 전에는 그렇게 몸으로 내게 큐피드의 화살을 쏘더니 이젠 글로 내 프라토닉한 영역까지 장악해 버렸다.

# 라데츠키 행진곡 유감

　매년 1월 1일 오스트리아 빈에서는 빈 필하모닉 오케스트라의 신년 음악회가 열린다. 래퍼토리는 주로 빈 출신의 작곡가들의 곡이 연주되고 특히 요한 슈트라우스 2세의 왈츠가 카라얀이나 주빈 메타의 지휘로 자주 연주된다. 직접 가서 보지 못한 아쉬움을, 연례 음악회 중계를 빼놓지 않고 시청하는 것으로 달래고 있다.

　2014년 신년 음악회의 지휘봉은 유대인이면서 팔레스타인 명예시민이기도 한 다니엘 바렌보임(Daniel Barenboim)에게 예약되어 있다. 바렌보임은 2009년 1월 이스라엘이 팔레스타인 강경 정파 하마스에 보복하기 위해 가자지구를 공습한 것을 비판했다. 하마스의 행동 때문에 모든 팔레스타인인을 벌하는 것은 옳지 않다고 주장하는 그의 용기를 높이 사 빈 음악회에서는 그에게 신년도 음악회의 지휘봉을 맡긴 듯하다.

　빈 필하모닉 신년 음악회의 하이라이트는 마지막으로 라데츠키 행진곡이 연주될 때다. 지휘자는 청중을 향해 돌아서서 지휘하고 청중은 지휘자의 유도대로 함께 손뼉을 치며 즐거운 분위기로 음악회를 끝낸다. 요한 슈트라우스 1세는 자신이 1840년에 작곡한 이 행진곡에 오스트리아의 영토였던 북부 이탈리아의 독립운동을 진압한 라데츠키 장군의 이름을 붙였다. 초연되었을 때 세 번 앙코르를 받았으며 지금은 마치 애국 행진곡처럼 오스트리아 각종 음악회의 마지막 피날레곡으로 연주되고 있다.

디즈니 홀에서 있었던 동문음악회에 초청 받았다. 여러 레퍼토리가 끝나고 마지막 순서가 되자 동문 오케스트라는 라데츠키 행진곡을 연주했다. 지휘자는 청중을 향해 돌아섰고 청중은 빈 신년음악회에라도 온 듯 그 웅장하고 힘차면서도 경쾌한 스타카토의 리듬에 맞춰 손뼉을 쳤다. 환호하는 많은 이들과는 달리 나는 기분이 조금 씁쓸했다.

우리 민족의 역사와 애환과 정서와는 아무런 상관도 없는 피날레곡이었다. 합스부르크 왕가의 옛 영화를 꿈꾸는 게르만 민족의 긍지와 자랑스러움을 가득 담고 1848년에 초연된 곡이 160여 년이 지나 LA에서, 극동에서 흘러 온 한민족의 대학 동문 음악회에서 연주되고 있다. 아리안족의 금발도 푸른 눈동자도 닮지 않은 코리안들이 아닌가.

빈 음악회의 순서처럼 라데츠키 행진곡이 두 번째로 연주되고 있다. 라데츠키 장군의 위용 위에 우리의 이순신 장군을 떠올린다. 텅 빈 디즈니 홀의 계단들을 천천히 걸어 내려왔다.

(2013. 10.)

# 진주

힐데가르트 폰 빙엔(Hildegard von Bingen) 수녀는,

인간이 된다는 것은 상처를 진주로 바꾸는 것이라고 했지.

수필은 모래 속의 진주를 닮았어.

진주는 파도와 함께 밀려와 몸에 박히는 모래알들을

그 날카로운 찔림을 안으로 삭이며 침묵 속으로 깊이 침잠하지.

밤에는 먼 별의 손짓에서 태고를 닮은 고전을 익히고

들고 나는 밀물 썰물과 몸을 섞어서 신선한 감성을 잉태하지.

오롯이 모인 상념들을 잔잔히 펼쳐 보이고

희미하게 바랜 추억의 부스러기들을 새롭게 채색하고

과거, 현재, 미래가 그 안에 공존하고

추억과 기억을 버무려 아픈 상처를 꿰어 매는 환약을 제조하지.

그 신비한 약은 상처를 아물게 하고

오랜 미움도 눈 녹듯 사라지게 하고

아픈 기억들을 망각의 강에 씻어서

모든 이들을 용서하게 하는 약효가 있어.

지류의 하수구에서 나오는 구정물도

그 강에 다다르면 옥수(玉水)가 되거든.

그 강변에는 군락을 이룬 물억새가 펼쳐져 있어.

물억새들은 늘 같은 곳을 바라보고 있지.

바람 부는 방향을 따라서.

버스 정류장에서 버스를 기다리는 사람들의 표정을 본 적이 있어?

그들은 모두가 한 곳, 버스가 다가오는 쪽을 보고 있어.

물억새처럼.

아무도 버스가 사라진 쪽은 바라보지 않아.

그 무연한 일체성, 동시성을 보면 나는 갈 곳도 없이

그 사람들과 함께 버스에 오르고 싶은 욕망이 일어.

오늘처럼 외로울 때는 더욱 그래.

그래도 같은 버스를 탄 문우들이 있어 행복해.

덕수궁 뒷담 길을 걸으며 문학을 얘기하고

그림을 함께 감상할 수 있는 추억을 만든 것도

모두 수필 때문이지.

젊었을 때 덕수궁 뒷담 길 추억을 만들지 못한 것을 아쉬워했는데

추억이란 뜨거운 첫사랑보다 늦가을 저무는 무렵 같은 느낌이

더 오랜 여운을 남기는 것 같아.

내 수필 사랑도 그랬으면 해.

진주처럼 조가비 속에서 희고 빛나게 영글어 가고 싶어.

# 굼벵이의 재주

　또렷한 기억보다 희미한 볼펜 흔적이 낫
다고 한다. 구슬이 서 말이라도 꿰어야 목걸이
가 될 것이 아닌가. 다독, 다상량도 중요하지만
내가 알고 있는 것, 느끼는 것만이라도 쉬지 않고
열심히 쓰려고 한다.

　주제가 떠오르면 생각 속에서 여러 번 첨삭을 거듭한 끝에 글의
윤곽을 잡는다. 서가에서 그 토픽에 관한 책을 찾아보고, 인터넷을
리서치하고, 내 지나온 삶에서 그 주제와 함께 연상되는 사건이나 인
물을 떠올린다. 토막글들을 컴퓨터에 올려서 문단을 짓는다. 쓴 글
을 프린트해서 읽어보고 다시 펜을 잡는다.

　이때부터 긴 퇴고의 여정이 시작된다. 처음 몇 번은 내용에 초점을
맞추어 보충, 첨가, 가필한다. 다음으로 문장을 압축하고 간결한 표

현들을 고르고 '-적', '-의' 등의 문구를 삭제한다. 전하려던 메시지나 흐름이 흐트러지지 않을 때에는 분신 같았던 내용 한 문단 전체를 삭제하는 경험도 여러 번 했다. 번역 작품을 많이 읽은 탓인지 능동형으로 써야 할 표현을 수동형으로 쓰곤 한다. 단어 선택에서는 좀 더 토속적인 어휘를 찾기 위해 고심에 고심을 거듭한다.

이 대목쯤에서 나는 짙게 내린 Hazelnut Supreme Panache 커피가 필요해진다.

대가들이 말하는 소위 '안 풀리는 대목'에 이른 것이다. 하지만 내게 무슨 대단한 문학적 실꾸리가 있으리오. 그저 까다로운 대목에 와서 머리가 복잡해졌고 그래서 퇴고의 신을 불러 함께 커피라도 나누어야 한다.

우리 가문엔 훌륭한 문필가나 시인이 없다. 신문이나 잡지사 기자, 심지어 중고교 국어교사 한 분 정도와도 혈연이 닿아있지 않다. 삼대조까지 거슬러 훑어봐도 안 계신다. 집엔 흔한 어린이 동화책 한 권 굴러다니지 않았다. 물론 가도가 만난 한유와 같은 멘토도 내 인생엔 없었다. 신이 인간에게 준 최대의 선물이라는 고향도 나는 서울이다. 많은 문학작품의 향토색 짙은 배경이 되는 고향이 서울시 종로구 계동이라니! 맨땅에 해딩하는 기분으로 책을 여기저기서 구해 읽었고

글쓰기를 연습했다. 집안엔 체르니니 코오르위붕겐 등 음악에 관한 책들이 쌓여있었고 예능에 관심도 소질도 없는 나는 부모님의 관심 밖으로 밀려나 끝없는 독서에 파묻혔다.

연년생으로 태어난 남동생을 나는 끔찍이도 사랑했다. 피난지 부산에서 병명도 제대로 모른 채 세상을 떠났다. 중학교 때 동생을 그리는 시를 학교 신문에 발표했는데 신문을 들고 온 날 집안은 울음바다가 되었다. 그날 저녁 어른들이 나누는 대화를 들었다.

"굼벵이도 기는 재주가 있다더니."

이때부터 나는 부지런히 기었다. 세계문학 전집을 비롯하여 오래된 잡지의 한 면이든 신문 한쪽이든 손에 잡히는 것은 처음부터 마지막 줄까지 읽었다. 졸업 때의 송사, 답사를 맡아 쓰고 학생 웅변대회에 출전하는 친구들의 원고도 도맡아 써 줬다. 어머니도 내 도서구매비 청구는 거절하지 않았다. 내 진로에 영향을 준 프랑수아즈 사강의 ≪슬픔이여 안녕≫도 번역되어 나온 직후에 사서 읽었다.

고등학교 때 국어 교사는 김상옥(金相沃) 시인이었다. 나와 친구는 같은 문학 지망생이었는데 선생님은 지금 시단에서 잘 알려진 허윤정에게만 특별한 관심을 보였다. 대학에 진학한 후 찾아뵈었을 때 선생님은 이렇게 말씀하셨다.

"니한테서는 센 강 냄시가 났는기라."

그때까지 나는 센 강에 가 본 적이 없었다. 그냥 파리의 분위기에 맞게 이국적이어서 가슴을 설레게 하는 강이라고만 여겼다. 삼십 대 후반에 마침내 센 강변에 섰다. 센 강의 좌안은 고서와 오래된 명화가 쌓여 있는 문학과 사색의 거리, 정신적인 거리다. 우안은 세계의 명품 보석과 유명 디자이너들의 의상을 갖추고 있는 비즈니스와 패션의 거리였다. 당연히 양쪽 강변의 냄새는 달랐다. 그 당시 선생님은 내게서 어느 쪽의 냄새가 난다고 생각하셨을까. 선생님도 그때는 센 강에 가신 적이 없으셨을 텐데 이제 센 강에 가보시면 내게 어느 쪽 냄새가 난다고 하실까. 파리적인 것은 문학적이 아니라고 생각하셨던 것일까. 어쨌거나 그 당시 내게서는 문학에 대한 절실함이 보이지 않았던 거다. 허윤정 학생은 평생의 멘토를 갖게 되었고 나는 그 이후 좌안적이기보다는 우안적인 삶을 살았다.

이제는 좌안만을 걸으려 한다. 지난가을 이탈리아를 여행할 때 밀라노에 들렀다. 밀라노의 분위기는 센 강의 우안만큼이나 호화스럽다. 그런데 이탈리아의 우안인 그 도시는 이전과 달리 별로 흥미가 없었다. 센 강의 좌안을 다시 거닐고 싶다.

# 망각의 늪

여고 총동창회가 끝난 후 메리어트 호텔을 나섰다. 가까운 동기들 몇이 내 오피스텔에 와서 2차 모임을 가졌다. 차를 마시다가 한 친구가 불쑥 말했다.

"쏘나타가 몇 인치였지?" 의아했다. 쏘나타 승용차를 인치 단위로 잴 리가 있나? 몇 피트는 넉넉히 될 텐데.

"14행이다." 영문학을 전공한 K가 조용히 말했다. 오랜만에 만난 같은 과 친구에게 정형시 소네트(sonnet)의 형식이 몇 행인지 묻는다는

것이 '소나타가 몇 인치?'로 둔갑한 것이다.

다음 날, 내게서 이 일을 전해들은 다른 친구들은 모두 뒤로 넘어갔다. 끝없이 패러디를 늘어놓았다.

"하이네는 몇 인치니?(하이쿠는 몇 행이니?)"

"전설의 고향은 3인치다(우리 시조는 3행이다)."

이야기를 나누며 눈물이 그렁그렁하도록 깔깔댔지만 우리는 연기처럼 스며드는 우울한 기분을 감출 수 없었다. 대학 동기 중 한 명이 알츠하이머에 걸려 소식이 몇 해째 끊겼기 때문이다.

대학 입학 직후부터 S에게는 'K여중·고 6년 반장'이라는 꼬리표가 붙어 다녔다. 새침하고 도도한 외모와 달리 그녀는 의외로 소탈하고

다정다감한 면이 있었다. 대학 4년 동안 우리는 자주 어울렸다. 비 오는 날에는 폴 발레리의 시를 읊었고 교정의 버드나무 아래에 앉아 뮈세의 묘비명을 같이 떠올리곤 했다. 졸업 후 나는 유학을 떠났고 그녀와는 한동안 소식이 뜸했다.

이후 나는 남편을 만나 결혼했다. 학교 근처에서 신혼살림을 시작한 지 한 달쯤 지났을 때였다. 남편의 동료가 여름 방학에 한국에서 결혼식을 올리고 학교로 돌아왔다. 우리 부부와 함께 차를 마시며 그는 두 달 후면 수속을 마치고 오게 될 자신의 신부를 자랑했다. 나와 대학도 전공도 같다는 신부는 지금 모 여고에서 제2외국어를 가르치는 재원이라고 했다. 가슴이 뛰기 시작했다.

"혹시 이름이…?" 이름을 듣는 순간 귀를 의심했다. S가 그의 신부였다. 나는 어안이 벙벙해 있는 두 남자 앞에서 기뻐서 펄쩍펄쩍 뛰었다.

박사 과정에 있던 남편들은 학교에서 살다시피 해서 얼굴 보기도 어려웠다. 대신 나는 S와 함께 빠듯한 살림을 정성껏 꾸려 나갔다. 우리는 낡은 자동차를 몰고 저렴한 곳을 찾아 장을 봤고 동전을 모아 코인 세탁소에서 빨래를 했다. 한 달에 한 번 한 집에 모여 남자들은 이발을 했는데 우스꽝스럽게 짧아진 남편들의 헤어스타일은 어찌 됐건 어질러진 머리카락을 치우기에만 여념이 없었다. 두 해가 지난 11월에 우리에겐 첫아들이 태어났고 다음 해 1월에 S의 딸이 태어났다. 그해 말, 공부를 마치고 친구네는 한국으로 귀국했고 우리는 미국 동부로 이사했다.

아들이 대학에 진학하던 해, S가 오랜만에 LA에 왔다. S의 딸이
아들과 같은 대학으로 유학을 오게 된 것이다. 나와 S에 이어 남편들
도 같은 학교를 나왔고 이제는 자식들까지도 서로 같은 학교에 다니
게 되었다. S와 나는 LA와 샌프란시스코를 자식들을 보기 위해 함께
오르내렸다. 30대 초반에 헤어진 우리는 50대에 다시 만나 500마일이
넘는 길을 먼 줄도 모르고 오갔다. 북행할 때는 급한 마음에 5번 사
막 길로 올라갔지만, LA로 돌아올 때는 바닷가 길인 1번 도로를 택
했다. 1번 도로, 퍼시픽 코스트 하이웨이의 수려한 풍광에 우리는 첫
아이들을 처음으로 품에서 떠나보낸 엄마들의 염려와 그리움을 묻었
다.


세월이 흘러 남편이 세상을 떠나고 나의 두 아이도 모두 결혼해서
분가한 후, 나는 자주 서울에 갔다. S를 만나는 것이 큰 기쁨이었다.
S는 내 전화를 받으면 곧장 차를 몰고 분당까지 왔다. 어느 해인가,
차로 40분이면 올 수 있는 거리를 S는 세 시간이나 걸려서 내게 왔
다. 깜빡해서 다른 곳으로 갔었다는 것이다. 단순한 건망증이 아님
을 직감했다. 이때의 일이 마음에 걸려 그해 가을 서울에 다시 갔을
때는 친구에게 내가 그녀의 집 쪽으로 움직이겠다고 했다. 가는 데
한 시간쯤 걸리니 도착해서 전화하겠노라 말했다.

지하철을 세 번 바꿔 타고 친구의 집에서 10분 거리에 있는 오목교

역에 내렸다. 전화는 친구 남편이 받았다. 친구는 내 전화를 받은 즉시 전철역으로 나갔다는 것이다. 이미 친구가 와 있어야 했다. 그새 한 시간이나 지났는데 친구는 어디에도 없었다. 발을 동동 굴렸다.

열차가 도착했다 떠날 때마다 역 구내에는 먼지가 휘날렸다. 스산한 가을 전철역에서 몹쓸 병에 걸린 친구를 기다리는 동안 10대 후반부터 지금까지 친구와 함께 보낸 시간이 자꾸 흐려지는 내 시야에 떠오르다 사라지곤 했다.

아아, 설마 이제 친구와도 이렇게 헤어지는 것인가. 그녀는 지금 어떤 어둠의 미로를 헤매고 있을까. 그 칼날 같던 지성과 반짝이던 예지를 어떤 세력이 무너뜨리고 있을까. 그녀가 끌려가 있는 망각의 늪은 얼마나 깊고 어두울까. 친구는 돌아올 수 있을까. 한 시간이 더 지나서 그녀가 집에 돌아왔다는 친구 남편의 전화를 받았다. 그날 이후로 S를 더는 볼 수 없었다.

작년 가을, 한국에 나갔을 때 출입국관리사무소에 일이 있어 오목교역에 갔다. 그곳에서 애타게 나를 기다리다 실망해서 집으로 발길을 돌렸고 가는 도중에 기억을 잃어 다시 한 시간 가까이 거리를 헤맸을 S가 아프게 떠올랐다. 우리가 남긴 추억의 발자국이 낙인처럼 찍힌 역 구내에는 연신 열차가 사람들을 토해놓고 멀어져 갔다. 스산한 바람이 그 뒤를 따랐다. 우리들의 한 시대가 그 바람처럼 스러져 가고 있었다. 덧없는 바람이었다.

# 페르 라셰즈

파리에서 3번 지하철을 타고 가다가 강베타 역에 내렸다.

안개비가 희붐하게 흩뿌리고 있다. 비 기운에 젖은 역사를 나서자 이내 긴 돌담이 나타났다. 돌담 안쪽에 '페르 라셰즈' 공동묘지가 있었다. 이곳은 원래 루이 14세의 고해사제인 라셰즈의 소유지이던 것을 묘지로 조성했고 묘지 이름도 그의 이름에서 온 것이다. 109에이커의 넓은 땅에 30만 명 가까운 영혼이 잠들어 있는데 세계적인 작가, 화가, 음악가들이 포함되어 있다. 동 시간대에 태어나 사랑하고 갈등하던 알프레드 뮈세와 쇼팽도 이곳에 누워 있다.

정문으로 들어서서 넓은 대로를 곧장 들어가니 왼쪽으로 알프레드 뮈세(Alfred de Musset, 1810~1845)의 무덤이 보인다. 흉상 아래에 있는 묘비에는 그의 시 〈비가(Elegie)〉의 전문이 새겨져 있다.

사랑하는 친구들이여, 내가 죽거든
무덤가에 한 그루의 버드나무를 심어 주오.
나는 그 늘어진 수양버들이 좋다오.
그 푸른빛이 감미롭고도 정겹다오.
내가 잠든 땅 위에 부드러운 그림자를 드리울 것이니

　적막한 무덤 곁에 비에 젖은 실버드나무 그림자가 일렁인다. 가랑비가 마치 그의 아픈 생애를 위로해 주듯 무덤 위로 비석 위로 뿌려지고 있었다.

　10여 년 전에 남편과 함께 이곳에 찾아온 때는 햇빛이 반짝이던 5월이었다. 나는 문학에 대한 열정으로 들끓던 대학 시절로 되돌아가, "메 쉐르 자미 깡 쥬 무레(Mes chers amis, quand je mourrai)." 전문을 시비 앞에서 가만히 읊어 보았다. 이 시를 외울 때 나는 그때보다 더 먼 30년 전의 5월로 돌아가 있었다. 캠퍼스에서 이 시를 외우며 훗날 이곳을 함께 방문하기로 약속했던 사람의 눈빛이 떠올랐다. 5월의 신록이 그날따라 더욱 눈부셨다.

　뮈세는 24세 때 6년 연상의 조르주 상드(George Sand, 1804~1876)를 만나 사랑에 빠졌다. 두 사람은 베네치아로 사랑의 도피행을 떠났다. 뮈세는 그곳에서 왕성하게 집필 활동을 하였지만 폐결핵에 걸렸고 신병과 상드와의 불화로 다음 해 상드를 베네치아에 홀로 남겨두고 파리로 돌아온다. 상드도 파리로 뒤따라와 재결합을 시도했지만 그들의 사랑은 파국으로 끝났다. 뮈세는 이때의 아픔을 〈회상〉이라는 유명한 시에 담았다.

> 보면 눈물이 흐를 것을 알면서 나는 여기에 왔다.
> 영원히 성스러운 장소여, 괴로움을 각오했는데도
> 오오, 더할 나위 없이 그립고 또한 은밀하게
> 회상을 자아내는 그리운 곳이여!
>
> — 〈회상〉의 일부

피아노의 시인인 쇼팽(Frederic Chopin, 1810~1849)의 무덤 앞에 왔을 때, 제법 거세진 5월의 빗줄기가 그의 석상에 미끄러지듯 흘러 내렸다. 멜랑콜릭하면서도 서정적이고 사실적인 그의 피아노곡들은 시공을 뛰어 넘어 세계적인 사랑을 받고 있다. 묻힌 지 150여 년이 지났지만 그의 무덤엔 지금도 매일 방문객들이 들고 온 생화가 놓여진다고 한다. 가까이에 있는 야트막한 지붕 아래에서 비가 그치길 기다리며 흰 천사의 발아래 조각된 쇼팽의 흉상을 바라보았다. 옆으로 얼굴을 돌린 시선이 그의 복잡한 일생을 고스란히 보여 주는 것 같았다.

비 사이로 중년 백인들로 구성된 관광객들이 나타났다. 그들은 한 사람도 예외 없이 비를 맞으며 가이드의 말에 귀를 기울였다. 잠깐 머물다 비를 피해 서둘러 떠난 다른 관광객들과는 분위기가 완연히 달랐다. 궁금증이 생겨 길을 건너 그쪽으로 뛰어갔다. 세찬 빗줄기를

　10여 년 전에 남편과 함께 이곳에 찾아온 때는 햇빛이 반짝이던 5월
이었다. 나는 문학에 대한 열정으로 들끓던 대학 시절로 되돌아가, "메 쉐
르 자미 깡 쥬 무레(Mes chers amis, quand je mourrai)." 전문을 시
비 앞에서 가만히 읊어 보았다. 이 시를 외울 때 나는 그때보다 더 먼 30
년 전의 5월로 돌아가 있었다. 캠퍼스에서 이 시를 외우며 훗날 이곳을
함께 방문하기로 약속했던 사람의 눈빛이 떠올랐다. 5월의 신록이 그날따
라 더욱 눈부셨다.

얼굴에 맞으며 설명에 열중하는 가이드의 표정은 비장하기까지 했다. 옆으로 다가가 어느 나라에서 왔느냐고 묻자 폴란드에서 왔다고 한다. 그래서였구나! 세찬 빗속에서 그들이 응시하고 있는 쇼팽의 옆 얼굴을 나도 가만히 바라보았다.

쇼팽은 폴란드 바르샤바에서 프랑스 출신의 아버지와 폴란드인 어머니 사이에서 태어났다. 그가 파리에 머무는 동안 러시아가 폴란드를 침공하여 점령하자 쇼팽은 바르샤바로 돌아가지 않고 프랑스에 머물면서 평생 조국을 그리워하며 살았다. 그가 작곡한 200여 곡의 피아노곡 중에는 폴란드의 민속 무곡인 마즈루카와 폴로네이즈의 리듬이 포함된 작품이 여러 곡 있다. 지금도 바르샤바 방송국의 정오 시보는 쇼팽의 마즈루카 멜로디라고 한다.

조르주 상드는 뮈세와 헤어진 몇 년 후에 리스트의 소개로 쇼팽을 만났다. 함께 지중해의 마요르카 섬에 머무는 동안 몸이 허약한 쇼팽은 상드의 극진한 보살핌을 받으며 〈녹턴〉 〈레인 드롭〉 등 주옥같은 작품들을 작곡했다. 이들의 사랑은 상드 아들의 반대와 쇼팽의 건강 문제로 결별이라는 비극으로 끝났다. 상드와 헤어진 다음 해 쇼팽은 그녀를 그리워하며 더욱 심해진 폐결핵으로 세상을 떠났다.

뮈세와 쇼팽은 지금 페르 라셰즈 멀지 않은 곳에 마주 보고 누워 있다. 그들은 같은 해에 태어나 같은 병을 앓았고 한 여인을 사랑했다. 사랑과 파탄이 문학적 감성과 음악적 영감이 빛나는 걸작들을 낳는 경우가 많다. 그들에겐 불행이었지만 후대의 예술애호가들에게는 더없는 행복이다.

안개비 내리는 시비 앞에서 나는 한참동안 움직이지 않았다. 아니 움직이지 못했다. 오래 전에 이곳에 함께 오기로 약속했던 사람도, 10년 전에 여기 함께 서 있던 남편도 떠나고 없다. 짧은 첫사랑은 긴 그리움으로 남고 남편과 보낸 30여 년에 걸친 시간은 어제인 듯 아프다. 혼자 남았으므로 그들의 모습이 더욱 그리워진다.

조르주 상드는 1876년에 자신의 영지인 노앙에서 세상을 떠났다. 사는 날 동안 상드는 한때 그토록 사랑했던 뮈세와 쇼팽을 때때로 생각했을까. 그것은 달콤한 회상이었을까, 아니면 견딜 수 없는 슬픔이었을까.

나는 그들의 삶과 사랑과 예술적 열정이 온몸에 스며들기를 바라는 듯 언제까지나 안개비를 맞고 받아들였다.

# 사·소함 속에서 길어올린
# 따·스한 메시지

이정아 수필가는 꾸준히 글을 쓴다. 금년 초에 세번째 수필집 ≪자
카란다 꽃잎이 날리는 날≫을 펴 낸 뒤로도 20편 가까운 신작 수필
을 발표했다. 재미수필가 가운데 그만큼 다작하는 작가도 드물지 싶
다. 창작활동의 양으로 보나 문단의 경력으로 보면 그는 틀림없는 중
견 이상이다.

그러나 그는 원로연 대가연 하지 않는다. 명문 학교에서 수학한 자신감이 바탕이 된 당당함이 글에 녹아 있다. 그래서 그녀의 글에는 콤플렉스가 없고 쉬워서 거부감없이 여러 사람이 좋아한다고 평한 이곳의 평론가도 있다.

그러나 쉽다고 해서 결코 함부로 쓰여진 글은 아니다. 〈4차원적 영혼〉을 읽으며 언뜻 황하를 연상했다. 진흙 뻘이 소용돌이치는 수면 위로 유유하게 흐르는 황하. 치열한 현실의 터전에 굳건히 두 발을 디딘 생활인의 이야기, S대 출신의 '질긴' 남편과 건축회사를 함께 운영하는 개성 강한 부부의 팽팽한 갈등과 문화권을 달리 하는 낯선 땅에서의 외로움과 그리움 등, 깊은 내면의 사유들이 그의 곰삭은 지성과 감성에 걸러져서 고뇌의 흔적은 털어버리고 무연한 얼굴을 하고 수면 위로 떠오르기 때문이다. 슬쩍슬쩍 터치하고 지나는 행간마다 4차원적 깊이를 담아내는 그의 글들은 정신 바짝 차리고 읽지 않을 수 없다.

본명이 임정아인 이정아씨는 시인 임진수 선생님의 따님이다. 말하자면 태 속에서부터 문기를 타고난 모태작가다. 작가 자신도 글쓰기는 아버지로부터 물려받은 문화적 유산으로 생활 그 자체이고 또 의무감 같은 것이라고 하듯이 그의 글은 주변의 일상들이 그 소재다. 일상의 잔잔함 가운데서, 사소함 가운데서 재미를 길어 올리고 심각하지 않게 꼭 필요한 만큼의 메시지를 전하곤 한다.

〈나는 수다 체질이지 멍석 체질이 아니다〉〈타고난 간격론자〉〈나는 소크라테스 아내의 반열〉〈동상이몽 커플〉〈남편과 나는 앙숙이다〉는 글에 자주 나오는 표현에서 보듯 편안하고 젠 체하지 않는 건강한 생활인의 삶이 맑은 수채화처럼 담백하고 솔직하게 펼쳐진다.

그들 부부는 LA 한 교회의 성가대에서 트럼펫 연주자와 앨토로 봉사하는 누구나 부러워하는 잉꼬부부다. 또 정동 일번지 출신의 품격과 특유의 친화력으로 항상 주위에 사람을 몰고 다니는 그 언저리엔 간격론자의 그림자는 보이지 않는다. 그러나 이 작가는 분명 멍석체질은 아닌 듯하다. 그것은 그의 성품에도 연유하지만 재미수필작가 가운데서 비교적 연소한 나이 때문이지 싶다.

1992년 교민 백일장에 입상하여 장원에게 주는 혜택으로 이곳 문단에 발을 디디게 되었다. 이후로 꾸준히 공부하여 1997년에 〈한국수필〉로 등단하였다.

2004년 첫 수필집 ≪낯선 숲을 지나며≫를 출간하고 그해에 제 2회 해외한국수필문학상을 수상하였다. 2007년 두 번째 수필집 ≪선물≫을 내고 같은 해, 제5회 미주펜문학상을 받았다. 미주 한국 일보의 여성 칼럼을 10년 넘게 연재하였고, 2012년에는 조경희 문학상을 받았다.

2013년에는 병마와의 사투 끝에 살아났으며 그 와중에도 세 번째 수필집을 상재하는 열정이 귀하다. 중앙일보의 '이 아침에'를 2년간 연재하는 등 활발한 문학활동을 하고 있다. 피오 피코 코리아타운 도서관 후원회장을 역임했으며 지금도 시간을 쪼개어 도서관 봉사를 하는 등 건전한 이민자의 역을 감당하고 있다.

모교인 경기여고 100주년 기념 해외동문 문집도 책임 편집해서 많은 해외 동문들의 소식을 모교에 알리는 징검다리의 역할도 하였다. 경기여고 동창회에서는 이 동문의 저작활동과 그간의 수상을 격려하여 졸업생에게 주는 공로상인 '영매(英梅)상'을 이 작가에게 수여하였다. 또한 권위 있는 신인 등용문인 '미주 한국일보 문예 공모전'의 심사위원에 문단의 원로이신 송상옥 소설가와 마종기 시인과 함께 29회 때부터 위촉되었다는 것은 다시없이 명예스러운 일이다.

금년의 문예공모전을 심사하고 나서 그 심정을 쓴 〈道伴들께〉에서는 하늘 높은 줄 모르고 우쭐대는 신인들을 보면서 쓴소리는 접어둔 채, "내가 선택한 도반들이 진정한 道伴들이 될지 그저 徒伴에 그치고 말지…" 고민하는 젊은 대가의 마음을 본다.

기회만 닿으면 그는 후배 문인들에게 유익한 팁(TIP)을 주는데도 열심이다. 같은 〈한국수필〉로 등단한 문인들은 선배로부터 엄청난 프리미엄을 누리고 있다. 겹경사와 더불어 화제의 작가로 소개되는 이정아 수필가에게 마음으로부터 한 아름 축하를 전한다.

(2009. 5.)

Chapter

3 산세베리아

# 신의 놀이터

나는 무슨 일이건 마지막까지 미루는 좋지 않은 습관을 갖고 있다. 더 이상 연기할 수 없는 순간이 되어야 일의 능률이 최대치에 다다른다. 반전을 향해 가는 셜록 홈즈처럼, 최후의 스퍼트를 남겨둔 운동선수처럼 매사에 뜸을 들이다가 마지막 순간에 해치운다. 시간적 여유가 조금이라도 있으면 도무지 능률이 오르지 않는다.

지난 4월에 세 번이나 마감일에 쫓겼다. 첫 번은 12일의 재산세 납부를 마지막 날인 12일까지 미루었다. 두 번째는 15일의 Income Tax 신고 마감이었고 마지막으로는 16일의 2010 센서스 등록이었다. 입안이 타들어 가도록 마감 시간에 맞추느라 이리 뛰고 저리 뛰다가 몸살까지 호되게 치렀다.

인간이 자신의 삶이 언제 끝날 줄을 모른다는 것은 신의 배려이지 싶다. 무슨 일이건 마지막까지 미루는 사람에게 이 세상을 떠나는 날이 얼마나 분주할 것인가 생각하면 생의 마감일을 모르는 것은 틀림없는 신의 은총이다. 독일의 문호 괴테는 임종하는 순간에 "More light, more light!"라고 말했다고 한다. 준비 없이 마지막을 맞을 나는 틀림없이 "More time, more time!" 외칠 것이다. 그리되면 내게 줄 시간을 더 이상 갖고 있지 않은 신께서는 얼마나 곤란할까.

나는 '급한 일'보다는 '중요한 일'을 항상 먼저 처리하는 편이다. 그런데 학창시절 시험 하루 전의 '전날 치기' 저녁이 되면 내 알량한 삶의 철학은 중대한 도전에 직면하곤 했다. '프리어리떼'와 '엥뽀르땅스'가 내 속에서 충돌한다. 전자는 따뜻한 이불 속으로 발을 넣어버리는 것이고, 후자는 좋게 받아야 할 시험성적 결과다. 한 번도 확실한 선택을 못한 채 그럭저럭 대한민국 교육부의 혜택을 모두 받았으니 나는 행운아 중의 행운아인 셈이다.

남편은 우선순위를 정해놓고 철저히 지키는 사람이었다. 아침에 출근할 때면 손목시계를 오른팔에 차고 있는데 이유가 그날 처리해야 할 일의 우선순위를 잊어버리지 않기 위한 표식이라고 했다. 매사가 흐릿한 내 습관을 당연히 못 견뎌 했다.

6·25전란 때 우리 가족은 미처 남으로 피난을 떠나지 못했다. 인공치하의 서울에서 석 달을 지냈다. 처음 얼마 동안은 집에 있던 식량으로 그럭저럭 버텼지만 점차 양식 구하기가 어려워졌다. 9·28서울 수복이 가까웠던 어느 날, 아버지는 한강 남쪽으로 쌀을 구하려고 물물교환할 물건들을 준비해서 집을 나섰다. 이런저런 준비와 어머니의 늑장으로 다른 날보다 반시간 가량 늦어서 허둥지둥 광나루에 도착하셨다. 그런데 바로 그 자리에 30분 전에 미군기의 폭격이 있었다. 광나루 다리는 흔적도 없이 무너져 내렸고 주변은 아수라장이 되어 있었다.

리더십에 관한 세계적인 권위자 스티븐 코비 교수는 "성공하려면 당장

급한 일보다는 멀리 보아 중요한 일에 몰두하라"고 권한다.

여기서 성공이란 '소소하고 일시적인 성공'이 아니라 '원대하고 근본적인 성공'을 말한다. 내가 지키려는 '중요한 일 우선주의'는 이런 차원 높은 성공철학에서 비롯된 것은 아니다.

하지만 나는 일찍부터 짧은 성공과 승리의 덧없음을 맛봤다. 6·25전란 중 벽촌의 조그만 피난초등학교에 다니던 나는 자치회장에 출마했다. 회장에 당선되면서 들로 산으로 절집으로 함께 쏘다니던 피난지의 가장 친한 친구를 잃었다. 그 친구는 자치회장 투표에서 나보다 한 표를 적게 얻었다. 그 일은 지금도 내 몸속 어딘가에 가시처럼 박혀 아픔을 준다.

나는 불가해한 인생과 앞으로 불가속불가서(不可速不可徐)로 경주할 생각이다. 인생이란 예측불허이며 어떤 노력으로도 손에 넣을 수 없는 거대한 신의 놀이터이다. 요즘 그것을 더욱 절절히 느껴 간다.

회사 일이건 집안일이건 마지막까지 뭉그적거리다가 일이 커지고 나면 남편의 기색이 심상치 않게 변한다. 나는 "원소는 장강을 너무 일찍 건넜기 때문에 조조에게 패한 것이다."라고 눙친다. 그때마다 남편은 고사를 인용하여 맞받았다. "시저가 루비콘 강을 그때 건너지 않았더라면 폼페이우스에게 당했다."고 한다.

그는 인생의 강도 그렇게 건넜다. 장 수술 후 나온 남편의 패소로지 리포트는 'not curable, but controllable'이었다. 그러나 그는 컨트롤하지 않고 얼마 후 성급하게 루비콘 강을 건넜다. 신의 놀이터는 인생의 강에도 있었다.

# 산세베리아

타 주로 이주하는 친구가 키우던 화분을 두 개 주고 갔다. 선인장의 일종인 산세베리아인데, 밤에 호흡하며 산소를 많이 내뿜으므로 실내에 두면 건강에 좋을 것이라 했다. 간혹 꽃을 피워 올리기도 한다지만 꽃대는 흔적도 없고 잎대뿐이다. 하나는 잎이 모두 곧고 키가 가지런했고 나머지 하나는 상태가 그리 좋아 보이지 않았다. 싱싱한 화분은 침실에 들여 놓고, 부실한 것은 해가 제일 잘 드는 거실에 놓아 주었다.

며칠이 지나자 부실이가 놀랍게도 생기를 띠기 시작했다. 휘어졌던 잎대가 여물어지고 하루하루 눈에 띄게 윤기를 머금었다. 햇볕은 역시 최고의 자양분인가. 정성을 다해 돌보기 시작했다. 자주 물을 주고, 시간 따라 햇볕의 각도에 맞춰 화분의 방향을 틀어 주자 부실이는 하루가 다르게 움쑥 자라며 모양을 냈다.

몇 달 후에 분갈이를 하려다가 깜짝 놀랐다. 그 동안 키가 조금밖에 크지 않은 튼실이의 뿌리는 단단한데, 부실이는 잎대만 무성할 뿐 뿌리는 거의 썩어있었다. 이 지경이 되도록 까맣게 모르다니. 지나친 햇볕과 감당할 수 없는 물 공급이 부실이를 뿌리부터 상하게 만든 것이다.

어머니가 어느 날 뿌리가 상한 산세베리아처럼 쓰러지셨다. 그때까지 나는 어머니를 건강하고 유능한 젊은 날의 어머니로만 생각했다. 딸만 다섯을 두신 어머니의 자격지심과 필요 이상으로 자신을 강하게 포장했던 어머니의 가슴속 서러움을 헤아리지 못했다.

어머니는 평소에 "나는 나중에 얼음 베개를 베고 죽어도 딸자식들의 신세는 안 진다."라고 말씀하시곤 했다. 아버지가 돌아가시고 혼자가 된 후에도 어느 딸도 어머니를 모실 생각을 하지 않았다. 자식이 어머니를 온전히 이해하려면 어머니의 나이가 되어야 한다는 말이 있다. 지금의 내 나이였던 어머니의 외로움을 비로소 절절히 느낀다.

어머니에게 지상의 목표는 딸들을 '남의 열 아들 안 부럽게' 키우는 것이었다. 내가 대학을 졸업하던 해, 국가에서는 대학 졸업예정자들에게 학사고시라는 것을 처음

시했다. 일종의 졸업자격 시험이었다. 겨울방학이 끝날 무렵에 학사고시를 치렀다. 입학시험처럼 여러 과목에 걸친 시험을 마치고 나오는데 교문 밖에 어머니가 와 계셨다.

"엄만, 뭐 하러 오셨어요?"

교정에서 쏟아져 나오는 친구들의 시선을 벗어나기 위해 서둘러 어머니의 팔짱을 꼈다.

"엄마가 와야지. 네가 국가고시를 보는데."

그날 교문 밖 찬바람 속에 어머니는 시험이 끝나도록 홀로 서 계셨던 것이다. 오랜 세월이 지나도 잊을 수 없는 겨울바람이었다.


어릴 때 어머니가 외출하시는 날은 온종일 쓸쓸했다. 옥색 모시 치맛자락이 가물가물 보이지 않게 될 때까지, 골목 끝에서 점점 작아지는 어머니의 뒷모습에서 눈을 떼지 못했다. 어머니가 돌아올 때까지 경학원 뜰이 내려다보이는 창경궁 담장에 기대어 앉아 날이 저물도록 혼자 노래를 불렀다.

"임자 없는 대궐 안에 무궁화는 피고 또 피어~~"

어머니가 안 계신 집안은 내겐 망국의 궁궐처럼 휑한 빈터에 불과했다. 기다리기에 지쳐 버린 아슴푸레한 저녁 무렵이 되어 돌아 온 어머니가 나를 찾는 목소리가 들리면 언덕을 구르듯 달려 내려가 어머니 품에 안겼다. 그때 비로소 나는 집으로 들어갔다.

UCLA에 공부하러 왔을 때, 기숙사 창문으로 산타모니카 해변이 보였다. 그때 어머니는 부산에 살고 계셨다. 어스름 녘이면 해변으로 달려갔다. 바닷물에 손을 담그고 바다와 이어져 있는 부산을 바라보았다. 나도 모르게 눈물이 끊임없이 흘러내렸다. 그 후 산타모니카 해변은 어머니를 추억하는 나의 비밀스러운 장소가 되었다. 반세기가 거의 지난 지금도 그곳을 지날 때면 그때의 그리움을 잊을 수 없다.

결혼 후 4년 만에 어머니에게 미국여행을 시켜드렸다. 8월의 찬연한 아침, 꿈에도 보고 싶었던 어머니를 만나러 가는 하이웨이 66번 길섶에는 노란 여름 들꽃들이 바람에 몸을 흔들고 있었다. 그 들꽃들은 내 마음보다는 적게 흔들렸다.

센트 루이스 공항에 짙은 물빛 원피스를 입고 내린 어머니는 환하게 웃으며 출구로 걸어 나오셨다. 기다리고 있던 셋째 딸네의 가족들을 보시고는 함박웃음을 지으셨다. 차로 한 시간을 달려 센트 루이스 서남쪽 30마일에 있는 집으로 왔다.

어머니는 까르륵 까르륵 애교가 넘치는 세살박이 앤드루의 재롱에 푹 빠져 지내다가도, 한쪽 구석에서 조용히 할머니를 쳐다보고 있는 돌잡이 캐런과 눈이 마주치면, 당신과 육십갑자 띠동갑 손녀라며 귀해서 못 견뎌 하셨다. 집에 계시는 날은 어머니는 성경을 보셨는데, 남편은 퇴근해서 집에 돌아오면 짐짓 눈을 크게 뜨고,

"아니, 어머니. 그 책 아직도 다 못 읽으셨어요?" 하며 놀란 시늉을 해서 어머니를 뒤로 넘어가게 했다.

오작 산맥에서 흘러내린 물길이, 도심의 곳곳에 바닥까지 들여다보이는 맑은 실개천들을 만들어 놓은 미주리 주의 소도시. 그곳에서 어머니와 지낸 한 달이 결혼 후 어머니와 가장 오래 보낸 시간이었고 행복했던 나날이었다.

6년 전에 며느리를 맞이했다. 아들네 가족에게 조금이라도 부담이 될 일은 가급적 피했다. 얼음 베개를 이야기하시던 어머니의 말씀이 내 귀에 들려와 내게 조금도 신경을 쓰지 않도록 늘 의연하게 보이려고 노력했다.

손자가 세 살이 되어 파티를 하던 날이었다. 생일 케이크가 아주 맛이 있었다. 집에 돌아 올 때 며느리에게 조금 싸 달라고 했더니 제 친정동생에게 다 주어 보냈다고 한다.

"뭘 싸드린다고 해도, 어머님은 늘 아무것도 필요 없다고만 하시기에…"

나도 산세베리아 화분인가? 뿌리는 시들고 잎대만 번지르한. 자식들의 관심과 애정조차 필요 없다는 듯 속으로만 삭인 약함, 외로움, 두려움, 의지하고 싶은 마음이 뿌리로 내려가 허세만 무성한 화분이 되어 있었다.

# 메자닌에 살다

마음이 끝도 없이 떠돌 때마다 나는 전생에 두 몸을 갖고 있지 않
았을까 하는 생각이 들곤 한다. 한 몸은 한국에 태어났고 다른 몸이
미국 땅에서 환생하여 끊임없이 서로를 갈망하는 느낌이 내 안에 숨
어 있다. 그럴 때면 나는 먼 우주의 한 틈새에서 서성거리는 기분이
든다. 계절이 바뀔 때면 더욱 내 몸이 나누어지는 걸 느낀다. 그 중간
지점이 내겐 메자닌이다.

나의 메자닌에서는 늘 바람이 분다. 벽제에 잠들어 계신 어머니의 무덤으로 순식간에 날아가는가 하면 어느 틈에 딸이 사는 버지니아 주로 나를 옮겨 준다. 일순간에 그것은 걷잡을 수 없는 광풍이 되어 휘몰아치고 때론 잔잔한 미풍으로 나를 먹먹하게 한다.

우리 선조중의 한 분이 조선조 숙종 연간에 먼 북쪽 변방으로 유배되었다고 한다. 그로부터 200여 년이 지나서 태어난 내가 혈통상으로 순수한 조선인인지 가끔 의문스러울 때가 있다. 변방 바람을 마주 했던 북방 바람이 나를 옮겨준 것일까. 한국에서 25년, 미국에 와서 산 지도 어느덧 40여 년이 지났다. 외국인들이 발음하기 까다로운 이름을 미국식으로 바꿨다. 결혼한 후, 당연히 남편 따라 성까지 바꿨다. 그럼에도 내가 여전히 대한민국 국민인 것을 지울 수 없는 것은 어찌 할 것인가.

피난지 부산을 떠나 서울로 돌아왔을 때, 고생하던 부산의 푸른 물이 눈앞에 넘실거렸다. 긴 강이 휘돌아 나가다가 작은 강이 되어 흐르는 낙동강 샛강에서 멱을 감던 일, 하단 바닷가 앞 모래밭에서 조개를 캐어 어려운 집안 살림에 보태던 기억들이 서울에서도, LA에서도 항상 겹쳐진다.

언제였던가, 조개를 더 많이 주워 볼 생각에 먼 섬으로 물질 나가는 해녀들의 배에 끼어 탔다. 썰물에 모습을 드러낸 모래톱에 나와 남동생을 내려 주고 떠난 배는 밀물 바닷물이 무릎까지 차오르도록 돌아오지 않았다. 배를 내린 곳에서 끝까지 기다렸어야 했다. 바닷물이 밀려오자 나는 한 살 아래 동생을 업고 육지에 조금 가까운 모래톱으로 옮겨갔다. 바다에 어둠이 깔리기 직전에 마을 배가 우리를 간신히 찾아내었다. 기쁨에 겨워 왁자지껄 우리 둘을 배 안으로 끌어올려 주던 해녀들의 투박한 손길을 지금도 느낀다. 그때 엄마를 부르며 목 놓아 울던 일도, 바다 건너 저만치 무심히 저녁 연기가 피어오르던 다대포 앞마을의 풍경도 이제는 아름다운 추억으로 매김되었다.

　"내 마음은 하일랜드에 있다네, 여기 있지 않다네."

　스코틀랜드 시인 번즈(Burns, Robert, 1759-1796)는 고향 하일랜드를 잊지 못했다. 나 역시 마음속의 하일랜드를 하염없이 바라본다. 아니 지금도 찾고 있다. 다대포를 빼면 나의 두 번째 하일랜드는 서울이다. 서울은 내게 생명을 주었고, 설익은 내면을 지식이라는 알곡으로 차곡차곡 채워지던 시간을 베풀었고, 첫사랑이 피고 진 순수의 도시이다. 게다가 미국으로 오면서 내가 떠난 곳이다. 마음의 본향 내 생명의 원천을 찾으려 할수록 그리움이 넘치고 결핍과 상실감은 가슴에 또렷한 생체기를 남겼다. 그 기억들이 남겨진 자국과 유년에 대한 향수는 지금은 나의 글쓰기의 에센스가 되어 있다.

낯선 곳을 떠돌아다닐 때조차 모국어로 말하고 글을 쓰는 것은 모든 인류의 희망이다. 미국에 살고 있는 나도 모국어로 글을 쓴다. 그것은 숨을 쉬는 일처럼  고국과 고향을 응시하게 한다. 그 과거지향적인 원심력의 끈을 놓치지 않았기에 지금의 내가 존재한다고 믿는다. 회귀본능적인 과거와 지금 발을 딛고 있는 미국에 대한 현실 사이에서 균형을 잡는 일이 버겁지만 피할 수 없는 숙명이다.

귤이 회수를 건너면 탱자가 된다고 한다. 회수보다 더 멀고 먼 태평양 건너편 미국 땅에서 나는 무엇이 되어 있을까.

이제는 어디에 있건 나는 귤이고 싶다. 그 가능성이 내겐 무엇보다 중요하다. 뿌리를 고향에 둔 귤나무처럼 영혼의 자양분을 공급받아 철 따라 푸른 글을 키워내고 싶다. 메자닌에서 벗어나 넓은 로비로 당당히 내려가려 한다.

# 라틴 다리

발칸반도의 남쪽에 있는 보스니아의 수도 사라예보를 동서로 흐르는 밀랴츠카 강 위에 '라틴 다리'가 있다. 2010년 5월, 나는 이 다리 위에 서 있었다. 가보고 싶은 곳 1순위였던 다리여서 유난히 감회가 깊었다.

1914년 6월 18일, 오스트리아의 왕위 계승자 페르디난트 황태자 부처가 이 다리 위에서 한 세르비아계 청년의 총격을 받아 피살되었다. 유럽의 반 이상을 지배하고 있던 막강한 합스부르크 왕가는 격노했다. 그날로부터 한 달여 뒤인 7월 28일, 오스트리아는 세르비아에 선전포고를 했다. 8월엔 오스트리아의 동맹국인 독일이 러시아와 프랑스에 선전포고를 했고, 그 다음 날엔 영국이 독일에 각각 선전포고를 하였다. 세계인구 천만 명 이상이 희생당하는 제1차 세계대전의 비극이 일어난 것이다.

폭 10미터 정도의 맑은 강물 위에는 견고한 돌다리가 놓여 있고 다리 건너편에는 황태자 암살을 추모하는 박물관이 있다. 저격범 프린치프가 서 있던 자리에는 그의 발자국이 표시되어 있었다는데 지금은 사라지고 없다.

그해의 6월 18일은 일요일이었다. 합스부르크가의 왕위계승자 프란츠 페르디난트 대공과 임신한 부인 소피는 그날 세르비아에서 있었던 '육군 대 연습'을 시찰했다. 곧장 빈으로 돌아가려던 예정을 바꿔 지난번 자신들에 대한 암살 기도가 있었을 때 부상을 당해 병원에 입원하고 있는 사람들을 문병하기로 하고 바로 이 다리 앞에서 차를 돌렸다. 가브리엘로 프린치프는 그날 저격을 포기하고 부근에서 식사하고 있었다. 뜻밖에 대공의 자동차를 보았고 곧 거리로 뛰쳐나와 총을 쏘았다. 지나간 역사에 우연이나 가정은 있을 수 없겠지만 아무튼 그날의 비극은 필연이 아니었다.

라틴다리 위에 선 우리 일행은, 동맹국 측이었던 독일문학을 전공한 J내외와 연합국 측이었던 영국문학을 전공한 K와 역시 연합국이었던 불란서문학과를 졸업한 나, 이렇게 네 명이었다. 과거에 서로 팽팽히 맞서 싸운 나라들의 언어를 공부했다고 해서 우리 네 사람 사이에 무슨 구원(舊怨)이 있을 리가 없었다. 더구나 J내외는 같은 과(科) 커플이었다.

구 유고슬라비아 연방의 역사와 문화는 우리의 공통 관심사여서 피곤한 버스여행에 잠시도 눈을 붙이지 않았다. 가이드의 해설이 약간 엉터리인들 우리는 그저 빙그레 미소를 짓고는 했다. 낮엔 발칸반도의 아름다운 구릉들과 강을 따라 달리고 저녁엔 푸른 아드리아 해가 발 아래에서 넘실거리는 고성의 테라스에서 동유럽 각국의 와인을 골고루 즐겼다. 아드리아 해 건너에 있는 이탈리아 반도가 손에 잡힐 듯이 가깝게 느껴졌다.

1차 대전에 희생된 원혼들의 저주일까. 티토 사후, 구 유고슬라비아 공화국이 해체되는 과정에서 다시 이곳에 내전이 벌어졌다. 1992년부터 1995년까지 삼 년 동안 계속된 보스니아 전쟁은 동족 간의 내전으로는 유례를 찾아보기 힘든 비참하고 잔혹한 것이었다. 그 전쟁의 원흉인 밀라노비치를 제거하기 위한 발칸 반도에 군사적 개입을 결정할 때의 미국의 고뇌를 나는 지금까지 생생히 기억하고 있다.

곳곳에 그 흔적이 아직도 남아 있다. 폭격으로 부서진 폐가, 건물마다 마치 새가 쪼아 놓은 듯한 총탄의 자국들이 남겨져 있었다. 길에 면한 공동묘지들에는 비석이 촘촘히 세워져 있었다. 이슬람교도의 비석은 흰 말뚝이고 가톨릭은 흰 십자가다. 그리고 동방정교는 검은색 십자가로 표시된다. 죽어서도 서로 화합하지 못하는 이 땅의 비극에 나는 진저리를 쳤다.

〈사라예보의 첼리스트〉로 불리는 '베드란 스마일로비치'는 이 죽음의 거리에서 22일 동안 알비노니의 〈아다지오 G단조〉를 연주했다. 1992년 5월 27일, 바세 미스키나에 있는 시장 뒤쪽에서 빵을 사려고 줄을 서 있던 사람들에게 박격포탄들이 덮쳐 22명이 사망한 것이다. 그 숫자를 기려 스마일로비치는 이튿날부터 첼로를 들고 거리에 나와 하루에 한 번씩 22일 동안 알비노니를 연주했다. 용케도 그는 그때 저격을 면하고 지금은 북아일랜드에 살고 있다.

음악에 있어 아름다움이란 반드시 프레티한 것만은 아니다. 장중하고 처절하고 애달픈 것이 모두 아름답다. 나는 분명히 아름다운 이 첼로의 선율을 그러나 듣기를 즐겨하지 않는다. 무거움과 고통, 좌절, 억압, 죽음, 상실 그리고 공포가 연상되어 듣기가 힘들다.

오래 전부터 소원했던 이번 발칸 여행을 위해 나는 적잖은 것을 잃었다. 출석하는 교회에서는 이 기간에 권사 취임식이 예정되어 있었다. 친구들과의 이번 발칸여행 날짜에 맞춰 계획해 놓았던 서울의 급한 회사 일도 처리할 겸, 한국행을 단행하자 교회에서는 다 결정되어 있던 내 권사 임명을 취소해 버렸다. 안수식(ordain)이 아니고 임명식이니 결석해도 무방하리라 여겼던 내 무지(無知)와 나를 비즈니스 우먼으로 인정하지 않은 교회의 무심(無心)이 만든 합작품이었다. 그건 우연과 필연의 합작품이기도 했다.

그 날 라틴 다리의 한 발의 총성은, 세계 인구 천만 명의 목숨을 앗아갔고 두 번째는 96년이 지난 뒤 내 권사 직분을 날려버렸다.

# 브리지 게임

출근길에 클럽에 들렀다.

커피 한 잔을 내려서 들고 나오는데 국기게양대에 조기가 보였다. 클럽의 누군가가 세상을 뜬 모양이다. 누구지? 지나던 직원에게 눈짓으로 물었더니 Mrs. Magaro 라고 한다. 그녀는 나의 오랜 브리지클럽 친구다. 그녀는 브리지 회원 중에서 드물게 공정하고 편견이 없는 성품을 갖고 있었다. 최근에 건강에 이상이 생겨서 자주 모임에 결석하더니 기어코 세상을 떠났다. 게임이 한창인데 응원 주장이 스탠드를 떠나 버린 선수의 심정이었다.

20여 년 전, 이곳 컨트리클럽의 회원권을 구입할 때, 골프를 즐기는 남편과 달리 나는 클럽의 브리지 모임에 관심이 더 많았다. 회원이 되기가 생각처럼 쉽지 않았다. 브리지 클럽에선 누가 결석하면 임시 멤버로 나를 자주 초청해 주었다. 그러나 정식 멤버의 자격은 좀처럼 제의하지 않았다. 함께 골프는 치지만, 친교모임인 소그룹에 타 인종을 정식회원으로 받아들이기를 그들은 주저한 것이다. 회원 가운데 누가 이사하거나 사망해서 결원이 생기면 그들은 회의실 문을 닫아걸고 충원할 멤버를 결정했다. 비밀스럽기가 거의 로마교황을 선출하는 콘클라베 수준이다. 결원은 종종 생겼지만 기회는 쉽게 오지 않았다. 일 년이 지나고 나서야 미세스 마가로의 추천으로 나는 정식회원이 될 수 있었다.

브리지는 파트너와 룰로써 소통하는 까다로운 게임이다. 따라서 비딩과 게임을 하다 보면 자주 이견이 생긴다. 대립과 마찰이 일어났다. 브리지 레슨도 받고 열심히 교본을 공부하며 그들과의 실력의 갭을 차츰 좁혀 나갔다. 어느새 브리지 실력으로는 그들의 우위에 설 수 있었다. 인종을 초월해 브리지를 통한 진정한 우정과 교감의 다리를 놓고자 노력했다.

그들과의 사이에 놓인 인종 편견의 계곡은 생각보다 깊었다. 계곡

위에 놓인 다리는 일방통행이 아닌 쌍방통행이었다. 거기엔 메인 브리지 외에 건너야 하는 많은 가교들이 놓여 있었다. 그들과 함께 보내는 시간의 길이도 어쩌지 못하는, 브리지 게임의 규칙보다도 많은 부교가 있었다.

게임이 있는 날, 점심 때가 되면 클럽 직원이 게임룸에 와서 점심 오더를 받아 간다. 직원들은 클럽의 회원인 브리지 멤버들에게 깍듯이 예의를 지켰다. 직원 가운데서 가장 연장자인 Lynn은 노련하고 공손했다. 점심이 준비되었다고 인터폰이 오면 우리는 게임을 중단하고 점심을 먹은 후에 오후 게임을 다시 계속했다.

언제부터인가 린이 헬퍼로 내려오는 날은 여느 날과 조금 다르다는 느낌이 들었다. 식당에선 6인용 식탁 둘을 나란히 잇대어 놓고 식탁보를 덮은 위에 우리 열두 명이 주문한 점심을 미리 준비해 놓는다. 그런데 린이 당번인 날은 내 점심이 두 식탁이 연결된 중앙의 불편한 자리에 항상 놓여 있었다. 우연일까, 아니면 의도적일까.

그러던 어느 날, 인터폰이 다른 날에 비해 조금 일찍 울렸다. 식당으로 올라가 보니 음식이 식탁에 미처 놓여 있지 않았다. 누군가가 실수로 음식이 준비되기 전에 인터폰을 울린 것이다. 자기 오더가 놓인 자리에 찾아가 앉을 필요가 없기에 무심히 가까운 의자 하나를 당겨 앉으려는데 린이 황급히 나를 제지했다. 식탁 두 개가 잇대어져 있는 가운데 의자를 가리키며 거기가 내 자리라는 것이 아닌가. 린이 당번인 날은 내가 오더한 점심이 항상 놓여있던 자리다.

비로소 그간의 의문이 풀렸다. 우리 클럽은 인종 문제에는 엄격하다. 한국인들만의 골프 동호회에도 '코리안 클럽' 같은 국가의 이름이 들어간 명칭을 사용할 수 없게 되어 있다. '아리랑 클럽' 정도가 허용된다. 같은 회원들 간에도 인종적인 문제는 이토록 미묘한 프라이빗 클럽에서 린은, 결석한 회원 대신 sub.(충원 멤버)로 그 날 하루만 초청되어 온 백인 게스트들에게조차 멤버인 나를 제치고 편한 자리를 배정한 인종주의자였다.

클럽은 우리 부부가 가장 긴 시간을 보내는 여가와 취미생활의 중심이었다. 집안의 손님 접대와 아이들의 모든 행사 때는 늘 곁을 지키며 도움을 주는, 오랜 세월을 함께해 온 직원들에게 우리가 상대적으로 소홀했던 것은 아닐까. 지구 남쪽의 작은 나라에서 이민 온 린의 피부색이 내 의식의 한쪽에 작용하고 있었을까.

인류의 역사를 살펴보면 어떤 부류의 갈등보다 인종 간의 갈등이 가장 민감하다.

그것은 계급 간의 다툼이나, 국가와 국가 사이의 분쟁, 이데올로기를 위한 투쟁보다 치열하고 원색적이다. 바벨탑을 쌓아 올리려 한 인간을 향한 신의 가시지 않는 서운함인가. 신이 인류에게 매겨 놓은 이 부등식(≠)의 기호는 영원히 삭제할 방법이 없는 것일까.

라커룸을 돌아 나오는데 마가로의 라커에 그녀의 이름이 아직 그대로 붙어 있다.

진저 마가로, 곧 누군가가 그 라커의 새 주인이 될 것이다.

# 프리마 돈나

어느 날 조물주께서 다음 생(生)에는 너의 어느 부분을 특히 마음 써서 만들어 줄까? 하고 물으신다면 나는 주저 없이 "목소리요"라고 대답할 것이다. 목소리는 성형도 메이크업도 할 수 없으므로 한 번 갖고 태어나면 평생 동안 그대로 사용해야 한다. 타고난 음성을 피나는 노력으로 잘 가꾸어 가수나 성악가로 성공한 사람들도 있지만, 한국의 소프라노 조수미 씨와 같은 음성은 진정 신의 선물이 아닐까 여겨진다.

신의 배려가 거의 없는 목소리로 살아오면서 그것으로 이익을 얻은 기억이 별로 없다. 인터뷰에서 남다른 음성으로 후한 점수를 얻지도 못했고 상냥한 목소리로 사람을 쉬이 사귀지도 못했다. 어렸을 적에 어머니는 꽈리를 먹으면 목소리가 맑아진다고 뒤뜰에 심은 꽈리 열매가 익으면 조심스럽게 따서 딸들에게 나누어 주셨다. 어머니의 이런 정성 때문인지 언니들은 고운 목소리를 갖게 되었지만, 유달리 어머니가 신경을 쓴 나는 성장하여서도 가을바람만 선뜻 불면 감기가 들었다. 통과의례처럼 기관지염을 거치고 봄이 되어서야 간신히 기침이 멎었다. 이렇게 겨울을 보낼 때마다 내 음성은 거의 한 옥타브씩 낮아졌다.

어머니의 꽈리 값을 우리는 꽤 비싸게 치렀다. 주말에는 언니의 피아노 반주에 맞춰 노래하곤 했는데, 우리 자매들은 한국 가곡 백곡집을 반 정도를 부른 후에야 어머니 앞을 물러날 수 있었다.

"친구야, 파~리를 나와 함께 떠나 이별 없는 생활 시~작해 볼까."

베르디의 〈라 트라비아타〉도 가끔 흉내 냈었는데 그럴 때면 환영받지 못하던 나도 한 몫 거들어서 중간 중간에 낮은 목소리로 작품 해설을 했다. 원작의 내용쯤은 훤히 꿰고 있어서 내 해설사의 역할은 그런대로 인기가 있었다. 훗날 오페라를 공부하면서 그때의 내 역할이 '레치타티보'(아리아와 아리아 사이에 낮은 목소리로 원작의 내용을 설명하듯 부르는, 오페라에서 가장 인기 없는 파트)라는 오페라의 정식 성부(聲部)임을 알게 되었다.

어릴 적에 오페라의 프리마 돈나를 꿈꾼 적이 있다. 오페라의 꽃은 단연 소프라노다. 소프라노의 고혹적인 음성은 주인공인 프리마 돈나의 영욕을 한층 극적으로 만든다. 남녀의 사랑과 배신 같은 인생의 단면도가 짧은 이야기 속에 압축된 오페라는 관객에게 세속적인 흥미와 귀족적인 품위를 동시에 느끼게 해 준다. 프리마 돈나는 테너 남성과 정열적인 사랑을 하다가 버림을 받고 마지막에는 대부분 바리톤 악당 남성에게 죽임을 당한다. 이때 소프라노의 음성은 비감할 정도로 아름다워야 한다. 〈오텔로〉의 데스데모나의 죽음이 그토록 안타깝고 〈카르멘〉의 여주인공이 조금도 부정하게 느껴지지 않는 이유는 그들이 하나같이 아름답고 미성의 소유자들이기 때문이다. 늘 프리마 돈나의 꿈을 간직하고 있었지만 열정적인 테너와의 조우는 이루어지지 않았고 악한 바리톤의 개입도 없는 채로 나는 프리마 돈나에의 꿈을 접었다.

그런 내 마음을 헤아리셨는지 조물주는 내 아들에겐 매력적인 목소리와 음악적 재능을 주셨다. 주니어 스쿨에 다닐 무렵 라벨의 〈볼레로〉를 들으며 "대디, 지금 플루트가 들어와요." "맘, 클라리넷과 캐스터네츠가 들어 왔어요." 하며 연주되는 모든 악기를 집어내면 나와 남편은 매번 처음 듣는 듯이 열심히 귀를 기울였다. 고등학교를 졸업할 때까지 아들은 학교 오케스트라에서 바이올린을 연주했는데, 대

학 진학은 아빠의 뜻을 따라 '컴퓨터 사이언스와 전기공학' 복수전
공을 선택하게 되었다.

1학년을 끝내고 2학년을 시작한 여름방학에 아들은 집에 내려오
지 않았다. 가을 학기가 시작되었는데도 학교에 나타나지 않았다. 기
숙사에서는 이미 퇴거했다고 했다. 아파트로 전화하면 룸메이트는 항
상 "앤드루는 지금 도서관에 있을 것"이라고만 대답했다. 남편은 무
척 상심했다. 자신과 같은 계통의 전공을 택한 아들을 얼마나 대견
해했었는지를 알고 있었기에 그 실망감을 이해할 수 있었다.

9월 마지막 주에 우리는 아들을 찾기 위해 차를 몰아 북가주로 향
했다. 남편은 내게 말 한마디 없이, 왼쪽으로 태평양을 끼고 달리는 1
번 고속도로가 아니라 황량한 사막 길 5번 고속도로로 들어섰다. 차
창 밖으로는 메마른 텀블위드가 모래바람에 이리저리 날리고 있었다.
'텀블위드는 저렇게 굴러다니다가도 일단 자리를 잡으면 다시 뿌리
를 내린다는데, 앤드루도 인생의 뿌리를 단단하게 내리기 위해 지금
저렇게 방황하는 걸까?' 긴 여름과의 사투를 막 끝낸 사막은 더없이
삭막하고 황량하게 다가오다가 다시 멀어지곤 했다.

아들은 친구 몇 명과 작은 합창단을 조직해서 샌프란시스코 북
쪽의 머린 카운티에 있는 대저택의 파티나 결혼식장을 돌며 노래를
하고 있었다. 레퍼토리는 바흐의 〈오라토리오〉이거나 헨델의 〈Every

Valley〉 같은 곡들이었는데 이들은 '경건한 자세와 음성'으로 얼마간의 명성도 확보하고 있었다. 그때 대디와의 약속대로 곧 학교로 돌아왔지만, 그 후로도 아들은 폴리티칼 사이언스로, 경제학으로 전공을 바꾸며 오랫동안 방황했고 노래에 대한 미련을 완전히 버리지 못했다.

2代에 걸친 프리마 돈나와 테너의 꿈은 차례로 스러졌다. 재능과 열정을 갖고 있으면서도 부모의 뜻을 따라 꿈을 접은 아들에 비해, 부모의 전적인 후원을 등에 업고도 재능이 없어서 시도조차 해보지 못한 내 경우가 조금은 덜 비극적이지 싶다. 다음 생애에는 조물주께서 아름다운 목소리를 주셨으면 한다. 고운 음성으로 사랑하는 사람에게 속삭일 수 있고 어려움을 당한 사람들을 위로할 수도 있으리라. 무엇보다 그 선물로 신께 경배를 날마다 드리고 싶다. 땅 위의 모든 심령들을 대표해서 아침 해가 돋을 때 신을 찬양하고, 고운 황혼엔 신께 감사하고, 저녁별이 뜰 때는 신과 대화하고 싶다. 그리하려면 프리마 돈나에 대한 꿈은 끝까지 지녀야 하리라.

# 내 어깨에 기대었던 작은 새

우리 인생에는 고통이 있어요.

슬픔도 있고요.

하지만 조금만 더 생각해 보면 곧 깨닫게 되지요.

우리에겐 항상 내일이 있다는 것을 알게 되지요.

당신이 약해질 때 내 어깨에 기대세요.

내가 친구가 되어 드릴게요.

당신을 도와줄게요. 내 어깨에 기대세요.

빌 와이더스가 부른 〈린 온 미(Lean on me)〉는 들으면 가슴이 따뜻해지고 희망을 얻는다. 그러나 9월 그 저녁 이후부터 이 노래를 들으면 나는 가슴에 통증이 일어난다. 딸아이는 이 노래를 무척 좋아했다. 숙제를 하면서도 듣고 친구와 전화를 하면서도 들었다. 9월의 어느 어스름 저녁 무렵 어디선가 이 노래가 들려왔다. 한달음에 달려가 딸의 방문을 열었다. 이주 전에 대학으로 떠난 딸이 거기 있을 리 없었다. 노래 소리는 계속해서 들려왔다. 딸이 쓰던 카세트 플레이어를 가만히 만져 보았다. 전원이 꺼져 있었다. 그때 처음으로 가슴에 예리한 통증이 왔다.

　동부에 있는 대학에 딸을 데려다 주고 자정이 가까운 시간에 LA에 도착했다. 공항에 주차해 두었던 차를 몰고 밤길을 달려 집으로 향했다. 집은 가까워졌지만 가로등 없는 동네의 언덕길은 무척 어두웠고 이제 딸은 집에 없다는 생각에 남편과 내 마음은 무거워졌다. 지난 열여덟 해 동안 딸이 우리에게 주었던 많은 기쁨과 행복한 기억들이 차례로 떠올랐다. 어쩌자고 딸을 우리가 사는 곳도 아니고 아이가 태어 난 곳도 아닌 동부의 낯선 대학에 두고 왔을까.

　딸은 미국 중부 미주리 주의 소도시에서 태어났다. 주의 별칭이 '쇼 미 스테이트(Show me State)'인 것처럼 미주리 주의 주민들은 보수적인 편이지만 인심은 소박했다. 도시 전체를 병풍처럼 휘감아 도는 오자크 산맥의 깊은 계곡에서는 쉴 새 없이 맑은 물이 흘러 내렸다. 물줄기는 도시 곳곳에 바닥까지 들여다보이는 맑은 크리크들을 만들어 내었다. 딸은 걷기 시작할 무렵부터 이렇게 잔잔히 흐르는 냇가에서 낚시하는 아빠의 뒷모습을 바라보며, 해가 지도록 모래톱에 앉아서 놀고는 했다.

이렇듯 평온한 딸의 일상을 우리는 한국으로 귀국하면서 살벌한 경쟁터로 옮겨 놓았다. 겨우 영어로 말하기 시작한 딸에게 한국말은 무척이나 생소했다. 또래 유치원 친구들은 모두 발랄하고 말도 여간 잘하는 것이 아니었다. 매사에 늦되었던 딸은 점점 조용해지고 말수가 적어졌다. 회사의 주선으로 입학한 사립 초등학교에서도 초빙 과학자들의 자녀들은 환영받지 못했다. 이유는 여러 가지였다. 첫째가 외국에서 귀국한 과학자의 자녀들은 한국말을 제대로 못 한다는 것이고 둘째, 걸핏하면 국외로 다시 나가거나 자녀들을 동반해서 장기 출장을 가버리곤 한다는 것. 셋째, 부모들은 선생님들에게 인사도 제대로 못 챙긴다는 것 등이었다.

나 역시 한국의 변해버린 풍습에 서툴렀다. 담임들에게 인사할 줄을 몰랐고, 딸은 6개월씩 아빠를 따라서 외국에 나갔다 귀국하면 그동안 애써 배운 한국말을 다시 잊어버렸다. 전시도 아닌데 딸은 한국으로 미국으로, 서울로 대전으로, 초등학교를 다섯 번이나 옮겨 다녔다. 그렇게 소위 냉·온탕을 반복한 덕에 딸은 지금 완벽한 이중 언어를 구사하지만 힘든 어린 시절을 보내게 한 일은 지금까지도 미안하다.

남편의 딸 사랑은 유난했다. 출석하는 교회의 목사님이 집에 오셔서 덕담을 했다.

"집사님 가정은 정말 축복받은 가정입니다. 학문도 그만하시고 슬하엔 스트라이크(아들) 하나, 볼(딸) 하나를 고루 두시고."

"원 스트라이크, 원 볼이 아니라 투 스트라이크지요." 남편은 즉각 반박했다.

딸이 공부를 열심히 하는 것이 아깝고 안쓰러워서 늘 남편은 딸에게, "AFC 알지?"라고 말하곤 했다. Aim For C, 즉 성적은 C만 받으라는 것이다.

딸을 대학에 남겨두고 LA로 돌아오던 날, 기숙사 앞에서 공항으로 가는 택시에 타면서 남편은 또 "캐런, AFC 알지?" 하며 딸과 힘차게 하이파이브를 하는 게 아닌가. 이제 곧 대학생활을 시작하는 딸에게 남편은 그렇게 다짐했다. 딸이 대학 동창과 결혼해서 워싱턴DC로 떠나던 날에는 〈린 온 미〉 노래가 들리지 않는 데도 예전 그 통증이 다시 되살아났다. 지금은 딸이 기댈 수 있는 어깨를 지닌 사람과 함께 있어도 25년 동안 딸이 기댔던 내 어깨의 통증은 여전하다.

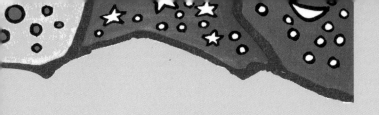

## This is original!

차가 집에서 한참 떨어진 낯선 길에서 서버렸다.

계기판에 '배터리' 사인이 며칠째 떴지만 그대로 몰고 다녔다. '차일피일하다가 내 이렇게 될 줄 알았다.' 가까스로 차를 구입했던 딜러로 끌고 갔다. 제복을 단정히 입은 직원이 늦은 오후의 손님이 달갑지 않은 기색을 숨기지 않는다. 로고까지 수놓인 제복이 무색하다. 그런데 차의 후드를 열고 배터리를 점검하던 그가 깜짝 놀란다.

"This battery is original one!"

차가 처음 출시될 때 장착된 배터리라는 것이다. 배터리를 다루는 그의 손길이 눈에 띄게 조심스러워졌다. 말투도 공손해졌다. 오리지널 이란 이토록 귀한 것인가.

제2차 세계대전이 한창일 때, 프랑스의 어느 지하 레지스탕스 단체에 이탈리아인 한 명이 새로 입회했다. 그에게는 나치에 대한 적개심도, 무솔리니를 향한 증오의 감정도 전혀 없었다. 호기심으로 저항조직에 발을 들여 놓은 거리의 건달에 불과했다. 기묘하게도 그는 이탈리아 레지스탕스의 총 책임자인 장군과 비슷한 외모를 갖고 있었다. 조직에서는 그의 생김새를 활용했다. 이탈리아 레지스탕스의 책임자가 본국과 프랑스 국경을 넘나들며 신출귀몰한 활약을 벌이는 속임수 작전에 그를 이용했다. 당연히 적에게 막대한 피해를 줬다.

전쟁이 막바지로 치달을 무렵, 나치는 이들의 은신처를 알아내고 대대적인 토벌작전을 벌인다. 모두 체포되어 처형을 앞두고 있을 때, 동료들은 그 이탈리아인이 자신은 가짜라고 밝히고 살 길을 도모하리라 확신한다. 그러나 그는 굳게 입을 봉한 채 이탈리아 만세를 부르며 레지스탕스의 총 책임자로서 장렬하게 총살당한다.

오래 전에 관람한 프랑스 영화의 줄거리다. 영화가 끝난 후에도 감동에 싸여 한동안 의자에서 일어설 수가 없었다. 나 또한 프랑스 레지스탕스들처럼 그가 배신할 거로 생각했다. 감동은 거의 충격이었다. 그 이탈리아인은 참으로 가짜인가. 진정한 진짜란 무엇일까. 그의 가벼운 언동 속에 감추어진 신념의 변화를 눈치 차리지 못했다. 본인도

자각하지 못하는 사이에 싹 트고 뿌리내린 것은 동지애요, 나치에 대한 적개심이었다. 조국 이탈리아에 대한 애정과 자랑스러움이었다.

학벌 위조와 표절 시비가 지구촌 곳곳에서 연일 끊이지 않는다. 글쓰는 이들의 표절 소식이 본국에서도 심심찮게 들려오지만, 이곳 한인 사회에는 유달리 가짜 시비가 잦다. 오리지널과 이미테이션, 진짜와 위조 시비 가운데도 고국과 멀리 떨어져 있어 확인이 어려운 최종 출신 학교나 학위 문제가 자주 불거진다. 한국에서의 결혼 경력을 감추거나 한국에서 평신도이었던 이가 이곳 교회에서 곧장 장로로 행세하는 예도 있다.

이런 일들이 밝혀져서 가정이 깨어지거나 평생 쌓아온 신망이 하루아침에 물거품이 되는 경우를 보고 들을 때마다 안타까운 마음이 든다. 사람은 누구나 감추고 싶은 약점이 있고 때론 남에게 드러내고 싶지 않은 과거도 있다. 그러나 위조된 과거를 이용해 부와 명예를 쌓거나 지위를 얻게 되면 세상은 용서하지 않는다. 예전 교수 시절의 학위 논문이 남의 글을 표절한 것이 밝혀져서 최근에 대통령직을 사임한 헝가리 대통령도, 그의 학문이 나라를 통치하기에 부족해서 헝가리 국민이 그를 용서하지 못한 것이 아닐 것이다.

내 둘째 발가락은 양쪽 모두 다른 발가락에 비해 유난히 길다. 전에 미국에 다니러 오셔서 석 달 동안 함께 지낸 시어머니는 삼복더위에도 항상 양말을 신고 있는 나를 좋은 집안의 규수라고 두고두고 칭찬하셨다. 못난 발가락이 아니었다면 까다롭기 그지없는 시어머니로부터 칭찬 한마디 들을 수 있었을까. 어쩌면 시어머니는 그 점을 짐짓 며느리 사랑으로 승화한 것이리라.

요즘 거울을 볼 때마다 미간에 세로 1센티 정도로 움푹 파인 주름살이 눈에 거슬린다. 최근 대세인 보톡스를 맞아 볼까 하는 생각을 해 본다. 실행에 옮길지 말지는 아직 모른다. 만일 마음을 굳혀 결행한다면 훗날 조물주 앞에 섰을 때 그분이 무어라고 할까 궁금하다.

"This is original one!" 하며 반기실까, 흔한 보톡스 한 번 맞지 못하고 세월의 흔적만 얼굴에 잔뜩 묻혀 왔다고 주변머리 없다며 혀를 차실까.

나는 이미테이션이 아닌 순수 오리지널로 살고 싶다. 하지만 내 미간의 주름살이 눈에 잡히면 그런 마음이 조금은 흔들린다.

# Chapter 4

## 그럴 만한 이유

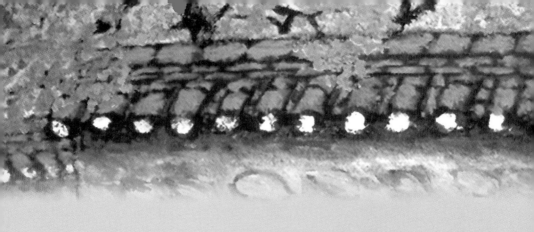

# 세월은 흐르고 나는 남는다

새벽에 눈을 뜨면 거의 매일 강베타 마을의 좁은 돌길을 산책했다. 돌길 골목이 끝나는 모퉁이에 조그만 빵집이 있었다. 중년을 조금 넘긴 부인과 딸로 짐작되는 예쁜 마드모아젤이 빵을 구웠다. 모녀가 아침에 새로 반죽한 재료로 막 구워내는 빵에선 향긋한 냄새가 솔솔 풍겼다. 숙소에 돌아오면 에스프레소를 진하게 내려서 막 사온 빵과 함께 혼자 먹었다.

여름이 되면 많은 파리지엥들이 파리를 빠져나간다. 그래서 7월의 파리에선 이방인들이 그리 기죽지 않고 지낼 수 있다. 길에서 서로 어깨가 부딪쳐도 힘들여 '빠르동' 하지 않고 그저 '익스큐즈 미' 해도 무난히 넘어갔다.

센 강 좌안에는 그림과 헌 책 등을 파는 오래된 책방들이 즐비했다. 여기저기 기웃거리다 보면 하루해가 저물었다. 빠듯한 일정으로 여행할 때는 볼 기회가 없었던 작은 미술관과 숨겨진 정원들도 여유롭게 찾아보았다. 파리 전체가 하나의 역사박물관이었고 절제된 지성이 시리도록 스며 나오는 광장이었다. 높은 수준의 문화가 농축되어 뿜어져 나오는 문향에 취하고 그토록 이국적이면서도 동시에 너무나도 익숙한 체취와 느낌들에 온 몸을 맡겼다. 걷기만 해도 행복해지는 도시였다.

센 강변의 노천카페에 앉아 있노라면 그 어디에서보다 파리를 가까이 느낄 수 있었다. 파리 어딜 가나 보이는 에펠탑, 정면보다 뒤쪽이 더 아름다운 노트르담 사원, 개선문 등이 한눈에 들어왔다. 점심으로는 길에서 구워 파는 크레페를 사 먹기도 했는데 가벼운 시장기를 면하는 데는 그만이었다. 값도 저렴한 편이었다. 똑같은 맛의 미국의 저맨 팬케이크는 9달러나 하지만 이곳의 크레페는 5유로다. 피곤해지면 가끔은 생 미셸 대로로 나와 뤽상부르 공원에 가서 쉬곤 했다. 시야가 몽롱해지도록 내뿜는 태양의 열기에 맞서기라도 하듯 눈부시게 푸른 잎새들, 결을 이루며 밀려가고 밀려오는 연못 속의 작은 물결의 소용돌이를 보며 밀려가고 밀려오는 삶과 저만치 두고 온 일상들을 떠올리곤 했다.

센 강 위에는 아름다운 다리들이 많다. 한강보다 폭이 좁은 센 강

위에 사원과 공공기관의 건물과 박물관들을 조화롭게 배치해 오늘날의 파리를 있게 한 이 나라 조상들이 한없이 존경스러웠다. 이 모든 유산을 소중히 보존해온 후손들의 공도 적지 않다. 그렇더라도 다리들이 없었더라면 오늘의 파리가 있었을까.

센 강의 여러 다리 중에서 '알렉산더 3세' 다리가 가장 아름답다. 강의 좌안과 우안을 이으면서도 양쪽의 앙발리드와 샹젤리제의 전망을 가리지 않도록 지어져서 다른 다리들에 비해 높이는 최대한 낮추고 반면 다리 폭은 40미터나 된다. 강물에 닿을 듯 나지막하게, 멀리서 보면 아치형으로 보이는 점이 독특했다. 다리 위에는 아기천사와 깜찍한 요정 조각들이 곳곳에 자리하고 다리 난간을 따라서 아름다운 가로등 기둥들이 장식되어 있었다. 저녁이 되면 그 가로등의 불빛이 멀리까지 비추었는데 불빛들이 알 수 없는 그리움을 느끼게 해 주었다. 외로운 여행객에게 이제 그만 귀거래사를 읊어 버릴까 하는 생각이 불현듯 들게 할 정도다. 나는 별다른 이유 없이 다리의 이쪽저쪽으로 오고 갔다. 그때 나는 어릴 때 집에 어머니가 안 계신 날의 내 모습을 보는 듯했다.

미라보 다리에는 잊지 못할 추억이 있다. 오래전 남편의 유럽 출장 길에 따라나섰던 때였다. 파리가 초행인 나는 꼭 가봐야 할 곳이 적힌 긴 리스트를 갖고 있었는데 그중에서도 '미라보 다리'는 목록의 상단을 차지하고 있었다. 공무에 바쁜 남편은 거리가 멀다는 이유로 가기를 주저했다.

'미라보 다리 아래 센 강은 흐르고 우리들의 사랑도 흐른다.'

엔지니어 출신이지만 낭만적인 이 시를 한 번쯤은 들었을 것이다. 결혼한 이공계 남자에겐 전혀 와 닿지 않는 구절이란 말인가. 이런 원망의 마음을 읽은 남편은,

"하지만 마담 박, 미라보 다리 아래에만 센 강이 흐르는 건 아니잖소?"

꿈에 부푼 내겐 기가 막힌 억지에 불과했지만 나름대로 일리 있는 설명이었다.

"지금 강 얘기가 아니고 다리를 말하고 있는 거예요. 유명한 미라보 다리를."

"그 문제만 해도 그래. 센 강에는 그 다리만 있는 건 또 아니거든."

번번이 그는 말다툼에서 이겼다. 하지만 이렇게 억지의 수위를 높이면 그가 곧 양보하리라는 것을 나는 알고 있었다.

우여곡절 끝에 찾아간 미라보 다리는 별로 낭만적이지 않았다. 강 상류에 자리 잡고 있는 기라성 같은 다리들에 비해서 하류에 자리한 이 다리는 너무나 평범했다. 실망스러웠다. 하지만 미라보 다리에는 '이야기'가 있다. 아폴리네르와 화가 마리 로랑생은 이 다리를 건너 둘의 집이 있는 오퇴이유와 예술가들이 자주 모이는 몽파르나스를 오가며 사랑을 가꾸고 또 이 다리에서 이별을 겪었다. 이처럼 사랑의 이야기와 시구는 평범한 다리조차 불후의 명품으로 만들었다. 그 단

조로운 구조를 덮고도 남았다.

다리 위에서 가만히 〈미라보 다리〉를 읊어 보았다.

수 르퐁 미라보 쿨르 라 센 에 노 자무르

Sous le pont Mirabeau, coule la Seine

Et nos amours.

문득 깨달았다. 이 숨 막히게 아름답고 운율적인 첫 구절이 〈미라
보 다리〉를 불후의 명시로 만든 것임을.

그 후 20년이 지났다. 나는 다시 미라보 다리 위에 섰다. 여전히 아
폴리네르와 마리 로랑생은 거기 있었고 그들의 아픈 사랑의 추억들
도 거기에 있었다. 흘러가 버린 강물 뒤로 새로운 강물이 여전히 흐
르고 있다. 그러나 나는 혼자였다. 내 옆에 석상처럼 서 있던 남편은
흘러가 버렸다. 하지만 그는 내 가슴속에 여전히 시가 되어 살아 있
다. 시구가 입안을 맴돌았다.

미라보 다리 아래 센 강은 흐르고

우리들의 사랑도 흘러간다

세월은 흐르고 나는 남는다.

# Au Revoir, Chambre

그 해의 신록은 찬란했다.

푸르고 싱그러운 봄과 더불어 내 인생도 도약하고 있었다. 나는 칙칙한 고등학교 교복을 벗고 새로 맞춰 입은 옷깃에 소원하던 대학의 배지를 달았다. 코발트 색 원피스가 나를 받쳐주었고 어깨 위로 길게 늘어뜨린 머리가 미풍에 살랑댔다. 자연도 세상도 온통 나만을 위해 존재하는 것 같았다.

설렘 가운데 첫 학기를 보냈다. 가을학기가 찾아왔다. 캠퍼스에 전에 못 보던 얼굴들이 드문드문 눈에 띄었다. 군 복무를 마치고 학교로 돌아온 복학생들이었다. 그들은 교복을 입지 않았고 얼굴이 조금 나이 들어 보였다.

2학기 기말고사가 끝나던 날이었다. 그들 중 한 명이 내게 다가왔다. 대학신문 기자라고 자신을 소개하며 신문에 실을 글을 한 편 써 달라고 했다. 희성인 그의 라스트 네임을 듣는 순간, 초면임에도 나는 웃음을 참을 수 없었다.

'그럼 이 사람은 드미(반쪽)라는 뜻?'

내 생각을 짐작한 것일까. 그가 즉각 반격했다.

"그 쪽은 샹부르(방)면서 뭘……."

그는 이미 내 이름은 물론 신상파악을 거의 끝내 놓고 있었다.

매주 목요일 오후 강의를 마치고 집에 오면 어김없이 그의 엽서가 도착해 있었다. "토요일 오후 두 시부터 '디세네'에 있겠습니다. 안 나오면 문을 닫을 때까지 기다리겠습니다."라는 매번 똑같은 내용이었다. 세상이 온통 내 것인 양 기고만장하던 나는 그와 사귈 생각이 조금도 없었다.

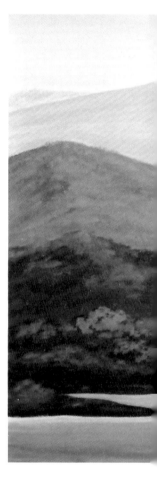

얼마 후 그가 대학신문 학생 편집장에 임명되었다. 지면에 그의 글이 자주 올라왔다. 지적이고 힘이 있는 글이었다. 무르익은 지성이 감성적인 문장과 어울려 빛을 냈다. 어느덧 그의 글이 실리는 신문이 발행되는 날을 손꼽아 기다리게 되었다.

데이트 신청은 번번이 거절했지만 내 글의 원고료를 그가 건네는 날에는 커피를 샀다. 종로 2가에 있던 '르네상스'에서 리스트의 〈헝가

사랑하는 친구들이여,
내가 죽거든 무덤가에 한 그루 버드나무를 심어주오.
그 부드러운 낙엽들과 내가 잠든 땅 위의 가벼운 그늘을
나는 사랑할 것이오.

리안 랩소디〉를 신청해 들으며 그가 〈서시〉를, 나는 뮈세의 묘비명 일부를 나직하게 읊으며 훗날 뮈세의 묘지에 함께 가기로 약속했다.

"사랑하는 친구들이여, 내가 죽거든 무덤가에 한 그루 버드나무를 심어주오. 그 부드러운 낙엽들과 내가 잠든 땅 위의 가벼운 그늘을 나는 사랑할 것이오."

4·19혁명과 연이은 5·16쿠데타의 와중에 캠퍼스는 하루도 조용한 날이 없었다. 교정의 마로니에는 철 따라 잎이 넓어졌다가 다시 떨어져 땅에 쌓이곤 했다. 그것은 우리의 모습과 흡사했다. 울분의 사자후를 토하다가 때론 심각하게 조국의 미래를 염려하다가 급히 절망의 늪으로 가라앉아 버리는 나날이 이어졌다. 그러나 젊은 우리가 개입한다고 해서 어지러운 시절이 진정될 기미는 눈꼽만큼도 보이지 않았다. 젊었지만 너나 없이 무기력이라는 밧줄에 칭칭 묶여버린 청춘이었다. 삼년 동안 만나서 나눈 우리들의 대화는 시국, 정치, 문학 그리고 허무 등이었다.

졸업하던 해 여름방학을 앞두고, 부산 집으로 내려가는 기차표를 예매했다. 저녁 늦게 후암동 언니 집으로 돌아왔을 때, 그가 집 앞에 서 있었다. 표정만으로도 한참 기다린 듯 보였다. 여름 저녁 9시 무렵의 어둑한 남산 길을 걸으며 나와 장래를 함께 하고 싶다는 그의 고백을 들었다.

그 여름에 내가 있던 부산으로 그는 여러 통의 편지를 보내왔다.

"빨리 9월이 오기를 열심히 기다리고 있소. 가을이 오고 그리고 샹브르가 올 것이기 때문에."

9월이 되어서 서울에서 그를 다시 만났지만 더 이상 가벼운 마음으로 그를 대할 수가 없었다. 나는 졸업 후에 유학을 떠날 계획이었고 적지 않은 나이였던 그는 취업이며 결혼 등의 문제에 당면해 있었다. 나의 꿈과 그의 앞에 놓여진 '현실'은 영원한 평행선을 그었다. 졸업한 후 얼마 지나지 않아 나는 미국으로 떠났다.


30여 년이 지난 어느 해 10월, 서울에서 그를 다시 만났다. 그는 모 신문사의 논설위원으로 재직하고 있었다. 앞머리가 조금 벗어진 그가 낯익은 미소를 띠며 다가와 악수를 청했다.

"종종 소식 들었습니다."

그가 한 첫 말이었다. 정중한 경어였다. 나의 의지와는 달리 수십 년 전의 추억이 물밀 듯이 밀려왔다. 세 시간 동안 우리들이 나눈 대화는 친구들 소식, 신문사 이야기, 미국에서의 생활 등 옛날처럼 친근하고 풍성한 대화가 끝없이 이어졌다.

헤어질 때 그가 나를 숙소에 바래다 주겠다고 했다. 호텔에 도착할 때까지 우리는 말을 잊었다. 묵묵히 앞만 바라보았다. 차를 맡기고 그가 호텔 로비로 걸어 들어 왔다. 함께 엘리베이터 쪽으로 걸어갔다. 문이 열리고 탔던 사람들이 내리자 그가 손을 내밀었다.

"Au Revoir, Chambre! (안녕 샹브르)"

엷은 미소를 머금은 그를 뒤로하고 엘리베이터 문이 속절없이 닫혔다. 공교롭게도 엘리베이터 안에는 나뿐이었다. 평소에 훈훈한 기운과 달리 싸늘한 한기가 몸에 스며들었다.

몇 년 후 그의 부음을 들었다. 그러고 보니 우리는 세 번 헤어졌다. 첫 번은 미래에 대한 내 욕망이 우리를 갈라놓았고, 두 번째 만남은 도덕과 사회규범이 가로 막았다. 그리고 세 번째, 나와 그는 지상과 천상으로 헤어졌다. 죽음을 앞두고 그가 나를 몹시 보고 싶어 했다는 소식을 친구로부터 뒷날 전해 들었다.

이별이란 아무리 반복해도 조금도 익숙해지지 않는가 보다.

# 내가 떠난 자리

《로스앤젤레스 타임스》의 인기 칼럼 〈Dear Abby〉에서 읽은 글이다. 어느 시어머니가 세상을 떠났다. 며느리 되는 사람이 고인의 유품을 정리하다가 옷장 깊숙한 곳에서 상자 하나를 발견했다. 이것을 열어보고 며느리는 큰 충격을 받았다. 상자 안에는 며느리가 평생 동안 시어머니에게 보낸 선물과 편지, 생일 축하카드 등이 하나도 개봉되지 않은 채 쌓여있었다. 의도적이건 아니었건 간에 시어머니는 며느리에게 그렇게 미움의 흔적을 남겼다.

남편은 대학노트로 이십여 권이나 되는 삶의 기록을 남겼다. 나는 몇 년이 지나도록 그것을 읽지 않고 있다. 어쩌면 끝내 읽지 못할지도 모른다. 읽을 용기가 없어서다. 그에게서 어떤 해명이나 변명의 말도 들을 수 없게 된 지금 혹시나 내 마음에 상처가 될 내용이 적혀 있을까 두려운 것이다. 그가 남긴 그대로 아이들에게 물려주고 떠나게 될 것 같다.

우리의 삶은 여러 흔적이 쌓여서 이루어진다. 개인의 흔적은 일생이라는 이름으로, 국가나 인류의 흔적은 역사라는 이름으로 남는다.

그 가운데는 길이 남기고 싶은 훌륭한 흔적도 있고, 두 번 다시 되풀이되어서는 안될 수치스러운 자취도 있다. 남기고 싶지 않은 흔적을 가진 개인이나 국가는, 그것을 감추거나 지워버리기 위해 모든 수단을 동원해 보지만 항상 성공하는 것은 아니다.

얼마 전에 한국 사회를 떠들썩하게 했던 가짜 학위 소동은 어쩌면 한 큐레이터의 몰락으로 끝날 수도 있을 사건이었다. 그러나 "인터넷은 죽지 않는다. 다만 숨어 있을 뿐이다"라는 유행어까지 만들어낸 이 사건은, 서로의 이메일에 남긴 당사자들의 밀어의 흔적들이 움직일 수 없는 증거가 되어서 여러 사람의 파멸을 몰고 왔다.

그런가 하면 역사에는 국가적인 재난으로 인해 개인이 받은 고난이나 상처는 동정을 받고 그 치유에 지혜를 모았던 사실도 있다. 조선조 인조 때, 청나라의 침략으로 시작된 병자호란이 끝나자 적국에 포로로 끌려갔던 사람들이 고국으로 돌아오기 시작했다. 그 가운데는 다수의 부녀자들도 포함되어 있었는데, 이들의 순결 여부가 사회적으로 문제가 되었다. 이에 인조는 한양 북쪽에 큰 목욕탕을 만들어 놓고 거기서 몸을 씻고 성안으로 들어오는 귀환 포로는 모두 깨끗하니 문제 삼지 말라는 명을 내렸다. 인조는 외교도 민생도 실패한 왕이었지만 흔적 지우기에는 그야말로 왕도를 갖고 있었던 셈이었다.

유형의 흔적이거나 무형의 흔적이거나, 비범하거나 평범하거나 간에 우리는 뒤에 남은 사람에게 무언가 흔적을 남기고 간다. 그것은 평소의 생활이나 일기로도 남고 그에 관한 기록이나 비문이나, 요즘은 인터넷에도 남는다.

뛰어난 재능의 소유자는 그 방면에 훌륭한 업적을 남기기도 한다. 예술가들은 누구나 후세에 길이 빛날 작품을 남기기를 원한다. 과학자는 인류에 이바지할 문명의 이기를 발명하기를 꿈꾼다. 국가의 지도자는 자국의 영토를 넓힌다거나 민주주의와 같은 좋은 제도를 확립하고 여러 가지 문화유산을 후세에 물려주기 위해 노력한다.

그러나 좋은 흔적이란 반드시 위대한 업적이나 훌륭한 작품만을 말하는 것은 아니리라. 모든 사람이 페니실린을 발명한다거나 ≪안나 카레리나≫와 같은 불후의 명작을 남길 수는 없다. 평범한 일생을 보낸 대부분의 사람들에게 그런 일은 불가능할 뿐 아니라, 우리네 잔잔한 일상의 흔적들도 그런대로 이어지고, 또 후세에 남길 만한 충분한 가치와 이유들이 있다. 일본 작가 오자와는 "곤한 인생에도 반드시, 둘도 없는 이야기의 결정(結晶)과도 같은 것이 숨어있다."고 했다.

아름다운 이 세상 소풍 끝내는 날, 이 아름다운 세상에 나도 고운 흔적을 남기고 떠나고 싶다. 내 삶이 고스란히 담긴 책을 하나쯤 남겼으면 좋겠다. 자랑스러웠던 일들을 기록한 자서전이 아닌, 내 평생의 사랑과 삶이 그대로 드러나는 진실한 이야기들이 담긴 글을. 내 자손들이 큰 잔치를 치를 때마다 반드시 펴 보는 레시피(Recipe) 책 한 권쯤도 써두고 갔으면 한다.

찰스 램이 '도시와 시골의 모든 소리를 포함한 인생의 소리 중에서 문 두드리는 소리보다 더 듣기 좋은 것은 없다.'고 말한, 그런 소리의 소유자로 나는 기억되고 싶다. 마음에 상처로 남지 않고 따뜻하고 훈훈한 기억으로 남고 싶다. 나와 함께 있을 때 그 누구도 긴장하지 않는 캐릭터로 살아가고 싶다.

이런 기억과 소리와 자취들이 하루아침에 만들어 지는 것은 아니다. 삶의 끝 무렵에 다다라서 급조할 수 있는 일은 더 더욱 아니다. 그것은 모두 오늘의 삶의 뜰에서 쌓아야 한다. 지금 이 시간 이 자리에서, 하루하루 날줄과 씨줄로 엮어가야 하리라. 한 땀 또 한 땀 정성들여 수놓아야 할 인생의 과제다. 나는 그렇게 순간순간 나의 남은 삶의 궤적을 그려 가고 싶다.

# 철쭉꽃 필 때

초가을 햇살이 고즈넉한 네 병실, 완치된 줄 알았던 너의 재입원 소식은 충격이었어.

훤칠한 키의 너의 아들이 일찍 퇴근했다며 병실로 들어섰지. CD 플레이어와 랩탑을 갖다 드리겠다고 하자, 너는 퇴원할 때 짐 되는데 그럴 필요 없다고 했어. 하루도 사이트에서 우리와의 수다를 거른 적이 없는 너였는데…. 게다가 함께 문병 간 S는 너의 남편과 병실 복도에서 긴 대화를 나누는 눈치였어. 그제야 나는 이것이 너와의 마지막 만남이 될지도 모른다는 예감이 들었어. 너의 이 땅에서의 날들은 그때 그렇게 조금밖에 남지 않았었고, 거리마다 낙엽이 수북이 쌓인 11월 중순에 너는 우리 곁을 영영 떠났지.

그립고 자랑스러운 우리들의 친구 J, 너는 졸업 후에 유학을 다녀와서 남도의 C읍으로 내려갔어. 그곳 학교 재단의 이사장이신 부모님 곁에서, 남동생이 교장으로 있는 고등학교의 교사로 재직했지. 너의 그런 선택과 지방 소읍의 교육 사업에 일생을 올인한 너의 집안 이

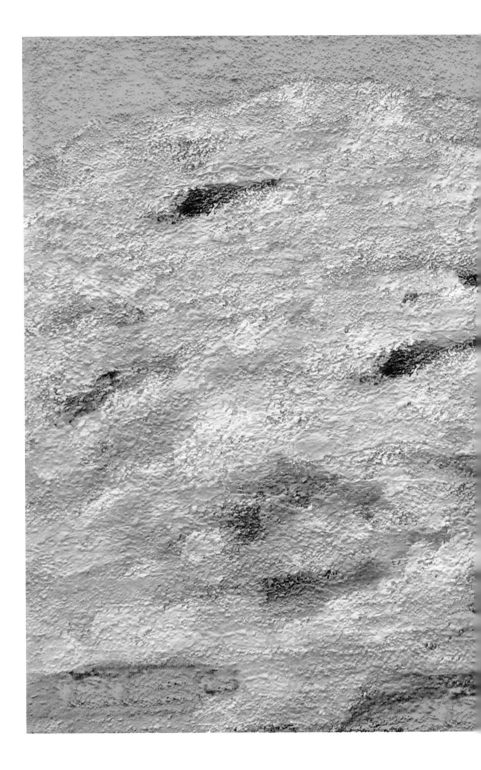

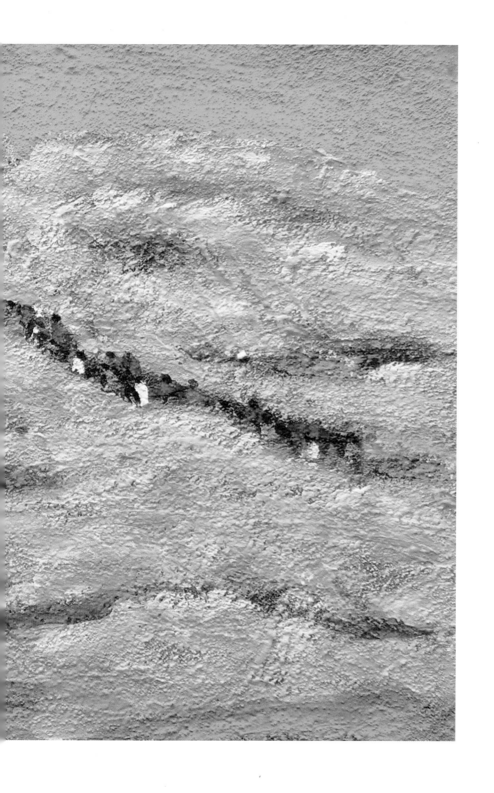

야기는 늘 나에게 감동을 주었고, 자랑과 존경의 대상이었지. 또 너는 거의 매해 여름방학 석 달을 미국 텍사스 주에 있는 Good News 본부에서, 성경을 번역하는 봉사를 하며 전 세계 곳곳의 미전도 지역에 저렴한 비용으로 복음을 보급하는 일에 너의 시간과 열정을 쏟았었지.

해가 바뀌어 봄이 되자 우리들의 사이트가 아연 활기를 띠기 시작했던 것 기억나지? 그 전 해에 너와 같은 과를 졸업한 K가 서울생활을 접고, 네가 있는 C읍으로 낙향을 감행한 때문이었어. 우리는 새로 지은 K의 전원주택과 학교 앞 머위 밭머리에 있는 작지만 고풍스러운 너의 사택을 방문하고, 철쭉꽃 군락지로 유명한 C읍의 황매산을 그 만개 때에 맞추어 등반하는 계획들을 세우며 무척 들떴었지.

너와 K는 철쭉꽃의 현재 상태와 그 만개 예상 시기, 황매산 구석구석의 골짜기들과 어느 지점까지 차로 올라가서 등산을 시작해야 가장 아름다운 철쭉꽃을 감상할 수 있을까, 등을 거의 매일이다시피 우리 사이트에다 분석, 보고했지. 너는 이 일에 K보다 배나 열심이었어. 하지만 그 해 따라 봄은 더디 오고 철쭉은 늦도록 꽃몽우리를 열지 않았어. C읍행은 자꾸 미뤄졌어.

C읍으로의 여행 일정에 맞추어 서울로 떠나려던 나는, 그 여행이 자꾸 늦춰지자 조급증이 났어. 여러 명의 친구들이 함께 시간을 비워야 하는 여행 일자를 반드시 철쭉의 만개 시에 맞춰야만 할까. 만개든 반개든 꽃은 다 예쁜데… 철쭉의 군락지면 어떻고 산락지(散絡地)면 또 어떤가. 짜증 섞인 〈하여가〉 한 수를 너에게 보냈지.

이런들 어떠하리 저런들 어떠하리

황매산 철쭉꽃이 회색인들 긔어떠리

우리는 한데 어우러져서 즐겁게 지내리라.


열 명이나 되는 친구들을 접대하고 꽃이 가장 아름다운 시기를 택하느라 수도 없이 황매산을 오르내린 너. 그때 벌써 너의 몸속에는 암세포가 자리 잡고 있었지. 그 해, 우리의 여행은 끝내 그 아름답다는 황매산 철쭉 군락지의 만개 때를 못 맞추었어. 절정을 눈앞에 두고 서둘러 삶의 무대를 떠나야 했던 너의 앞날에 대한 암시였을까.

네가 떠나던 날, 먼 이국에서 난 홀로 슬픔을 감당하기 어려웠어. 언제나 재치 있고 당당하게 자기 자신을 표현하고, 우정을 가꾸고, 삶을 사랑했던 너. 너의 마지막 가는 길에 함께 있지 못함이 안타까워서, 천국 문에 도착하고 있을 네게, 그룹 아바의 〈Arrival〉을 사이트에 띄워 보내며 너에게 작별을 고했었지.


가을의 품에 안겨

낙엽처럼 누운 친구야

새봄에 사방에서 움이 틀 때

황매산 골짜기에 한 송이 철쭉으로 피어나라

# 스타카토와 안단테

보름 간격을 두고 친손자와 외손자가 태어났다.

친손자 브라이스는 스타카토로 통통 튄다. 쉴 틈도 없이 말을 하고 하루 종일 노래 부른다. 수영, 태권도도 잘하고 영어 한국말 둘다 청산유수다.

그에 비하면 외손자 데이비드는 안단테에 가깝다. 신중하고 노래보다는 그림을 잘 그린다. 세 살 무렵부터 미국 50개 주로 만든 로고를 꿰어 맞추고, 50주의 주도(州都)를 모두 외운다.

데이비드가 두 살 무렵 할머니 가슴을 마구 뛰게 하는 사건이 있었다. 동부에 사는 데이비드 네가 우리 집으로 휴가를 보내러 왔다. 열흘을 지내고 LA를 떠나기 전날, 아들네가 초대해서 함께 밖에서 저녁을 먹고 헤어질 때였다. 사내아이들이라 그런지 말도 행동도 모두 늦된 두 손자 녀석이 확실하게 발음할 수 있는 단 한 마디, '바이바이'를 누구에게라고 할 것도 없이, 일곱 명이 주차장에 빙 둘러서서 계속 했다.

가까운 도시에 살면서 일주일에 한 번은 할머니를 보러 오지만 제외할머니를 더 따르는 브라이스는 벌써 몸을 반쯤 돌려 제 어미 목을 감은 채 한 손만으로 바이바이. 그런데 역시 제 아비 품에 안겨 바이바이를 하던 데이비드가 갑자기 내 손을 확 잡아당기는 것이 아닌가? 할머니와 그 자리에서 헤어지는 줄 알고 결사적으로 상체를 뻗어 할머니를 움켜쥔 것이다. 가슴이 마구 뛰었다. 일찍이 어느 남성으로부터도 받아 본 적이 없는 열렬한 구애의 몸짓이었다.

태어날 때 몸무게가 3파운드였던 우리 데이비드. 작은 몸에 여러 개의 길고 짧은 줄을 주렁주렁 달고 병원에서 두 달이 넘도록 집으로 데리고 올 수 없었다. 오늘 체중이 일 온스 증가하면 다음날엔 또 이 온스 내려가곤 했다. 숨쉬기를 잊어버리면 인큐베이터의 버저가 울리고 간호사가 달려와서 아기에게 숨 쉬기를 리마인드 해 주는 몇 초 동안의 가슴 조이던 순간들. 이 와중에도 숱 많고 탐스러운 머리카락은 어찌나 잘 자라던지. 희망과 절망 사이를 오가며 서성이던 NICU(영아 집중치료실)의 복도 창밖으로 보이는 풍성한 버지니아 주

의 단풍나무 잎들은 또 얼마나 가슴 저리게 슬펐던가. 저 아름다운 빛깔들을 데이비드가 건강하게 자라서 볼 수 있을까.

그 해, 크리스마스를 며칠 앞두고 데이비드는 집으로 돌아왔다. 길고 짧은 생명 보조 장치들을 몸에서 다 떼어내고 태어난 지 삼 개월 만에 집을 찾아온 것이다. 젊은 부모의 첫 태의 열매로 세상의 행복을 다 가질 수 있는 집. 그곳에서 토실토실 몸을 불리고 하루하루 여물게 익어 갈 수 있는 낙원과도 같은 곳. 좋은 만남과 긴 설렘이 사는 날 동안 이어질 보금자리를 눈물겨운 죽음과의 싸움을 이기고 끝내 찾아오고야 말았다. 이제는 체중이 50파운드가 넘는 녀석의 두툼한 손바닥을 만지면 아직도 가슴이 설렌다.

9월이 되면 이곳 미국에서는 부모들의 가슴앓이가 시작된다. 대학으로 막내를 떠나보낸 부모들의 빈 둥지 신드롬이 시작되고 첫 아이를 킨더가튼에 보낸 젊은 엄마의 절절한 시선이 노란 스쿨버스가 나타날 길 건너에 고정되는 달이기도 하다.

9월에 딸과 사위의 생일이 있고 10월엔 두 손자의 생일이 있다. 그리고 11월엔 아들의 생일이 있어 그 무렵에 내 주머니는 거의 비다시피 한다. 12월에 내 생일이 되면 그동안의 손실을 만회할 기회가 오는데, 글쎄 변제 능력이라곤 전무한 녀석이 둘이나 버티고 있으니…. 하지만 퍼부은 사랑이 돌아오지 않는다 한들 어떠랴. 속이 비도록 다 주면서도 행복할 수 있는 인생의 묘미를 깨닫게 해준 나의 아이들, 손자들인 것을.

# 그럴만한 이유

자동차 여행을 준비할 때면 무척 긴장된다. 가까운 거리건 먼 거리건 차 점검을 철저히 한다. 내 여행 멤버중의 한 사람은 지독한 백 시트 드라이버(back seat driver)다. 서열상 그분의 자리가 운전하는 내 옆자리라서 더 신경이 쓰인다. 운전자의 움직임 하나도 놓치는 법이 없다. 옆에 앉아서 출발부터 도착하는 순간까지 주무시는 시간을 제외하곤 일일이 간섭한다.

간섭은 로컬 길에서부터 시작한다. 좌우회전은 말할 것도 없고 프리웨이를 타기 위해 차선을 바꿔야 할 시점까지 지시한다. 깜빡이를 일찍 켜도, 조금 늦게 켜도 한 소리 듣는다. 나이 들며 자신의 속도감이 떨어진 것은 생각하지 않고 허용된 속도로 주행하는 것도 티켓감이라며 왕창 감점한다.

내 차의 가스탱크는 차의 오른쪽에 있다. 한 번은 휘발유를 넣기 위해 주유소에 들어서는데 그분이 어찌나 확신에 찬 어조로 명령하

느지 차 주인인 내가 그만 차의 왼쪽에 있는 주유소의 가스 펌프에
차를 갖다 대고 말았다. 뒷좌석에 앉은 동생들이 모두 뒤로 넘어갔
다.

남의 차에 편승할 때는 누구나 조금은 불안하다. 하지만 그렇게 일
일이 좌우를 살피며 운행에 끼어들면 운전자는 혼란에 빠진다. 오히
려 안전 운행을 방해한다는 것을 알아야 한다.

젊었을 때 처음 운전을 가르쳐 준 이가 있다. 직업이 교수여서 잔소
리가 심할 거라 생각했는데 프리웨이를 탈 정도로 내 운전이 능숙해
질 때까지 늘 지켜만 보곤 했다. 서툰 솜씨로 후진할 때도 좌우를 살
피는 법 없이 핸들을 잡은 내게 모든 걸 맡겼다. 자신이 운전 중일 때,
옆의 차가 끼어들거나 급히 추월해도 화내는 모습을 본 기억이 없다.

"그럴만한 이유가 있을 거야."

그는 늘 이렇게 말했다. 페미니스트인 그는 여성운전자들의 실수에

는 더 관대했다. 그녀들에게는 '그럴만한 이유'가 프랑스의 치즈 가짓수보다 많다는 것을 잘 이해하는 남자였다.

비가 쏟아지던 프리웨이를 달리던 날이었다. 갑자기 커다란 개가 차 앞으로 뛰어 들었다. 그는 급히 차의 속력을 줄였지만 차는 반대 차선까지 미끄러졌다. 내심 나는 이번에야 말로 그의 입에서 다소 품위 없는 말 한 마디쯤 나올 줄 알았다. 그는 역시 침묵했다. 그의 이렇듯 온화한 성정이 못마땅하던 나는 이 일로 그가 위선자가 아닐까 하는 생각까지 들었다. 30대 후반의 일이다.

다툼이나 반목은 많은 경우 상대의 입장을 고려하지 않는데서 시작된다. 역지사지의 마음으로 상대방을 이해하고 배려하고 양보할 때 따뜻한 관계가 만들어진다. 상대의 약점을 덮어주고 자존심을 늘 세워 주는 일이 쉽지는 않다. 하물며 선입견 없이 있는 대로 보이는 대로 상대방을 받아들이는 것은 많은 노력 없이는 어렵다. 누구에게나

그런 배려의 마음을 갖도록 평소에 연습이 필요하다. 그이라면 이 경우 어떻게 했을까를 생각하며 처신하고 일을 처리하려고 노력했지만 돌아보면 자신이 없다. 살아갈수록 상대방을 전적으로 이해하고 배려하는 것이 쉬운 일이 아님을 느낀다.

삶의 무대에서는 상황에 따라 주연과 관객의 역할이 따로 주어진다. 역할은 오래 대본을 익히고 무대에서 연습을 한 사람이 가장 잘할 수 있다. 자신의 방식이 최선이라고 여기며 무대에 올라 있는 주연이 그것을 가장 잘할 수 있다. 주역의 역할이 미흡하더라도 타인의 노력과 한계를 인정하고 이해해 줄 때 가장 이상적인 인간관계가 형성되지 않을까.

인생이라는 길에서는 많은 백 시트 드라이버를 만난다. 평생 타인을 먼저 배려하고 이해하려고 노력했던 그는 지금 내 곁에 없다. 가을에 차를 몰면 인생의 교사이자 롤 모델이었던 그가 늘 지켜보던 모습이 그립다.

# 메콩강의 흰 지작나무

캄보디아의 수도 프놈펜에 도착했다.

방콕을 거쳐서 LA를 떠난 지 만 이틀 만이다. 3월의 프놈펜 공항을 후텁지근한 공기가 휘감고 있었다. 사회주의 국가라는 선입견 때문인지 사람들의 표정에 생기가 없어 보였다. 아열대 지방에 첫발을 디디며 느꼈던 흥분과 설렘이 조금은 가라앉는 느낌이었다.

공항엔 우리 교회의 파송 선교사와 사모님이 우리 일행을 마중하기 위해 나와 있었다. 선교사님 가정은 아직 중학생인 세 아드님과 함께 열심히 현지적응의 과정을 밟고 있었다. 선교지에서 그 나라의 언어를 습득하는 것은 복음을 전하는 데 필수적이다. 현재 크메르어 공부에 집중하고 있는데 워낙 어렵기로 소문난 언어라서 원주민들과의 소통이 쉽지가 않다고 했다. 언어를 통해서 문화와 정서를 이해하게 되면 하나님께서 맡겨주신 소명을 더 잘 감당할 수 있게 된다.

캄보디아는 하나님의 특별한 보살핌이 필요한 땅이다. 1975년부터

1979년까지 모택동의 열렬한 추종자인 폴 포트가 전 국민의 1/4이나 되는 이백만 명을 이념의 이름으로 처형한 아픈 과거를 갖고 있다. 프놈펜의 킬링필드 위령탑에는 그 당시 희생자들의 해골이 가득 차 있었다. 아직 채 썩지 않은 희생자들이 걸쳤던 옷가지 일부가 생매장의 현장에 반쯤 땅에 묻힌 채로 바람에 흩날리고 있었다. 마치 안식하지 못하는 망자들의 영혼처럼 아열대 지방 특유의 습기 머금은 바람결에 너울대고 있었다.

같은 땅에서 수백 년을 함께 살아온 동족끼리 부르주아와 지식인을, 얼굴이 하얀 사람을, 가운뎃손가락에 볼펜 자국으로 굳은살이 박인 사람들을 골라내어 고문하고 온갖 악행 끝에 숨지게 했다. 그런 치욕스러운 역사가 그리 멀지 않은 30년 전 과거의 일이다. 그 상처가 가난과 함께 그 땅에 망령처럼 드리워져 있었다. 당시의 살육의 현장엔 이 민족의 깊은 상흔처럼 핏빛의 부겐빌레아가 무리지어 붉디붉게 피어 있었다.

며칠 후에 앙코르와트 사원을 보러 갔다. 시엠립에서 북쪽으로 5km 떨어진 곳에 있는 앙코르와트는 수세기 동안 숲속에 싸여 있다가 프랑스의 고고학자 앙리 무오에 의해 세상에 알려지게 되었다. '蓮花 세계'를 염원하며 돌탑들을 쌓아올린 크메르인의 꿈은 정글속에 묵묵히 수백 년을 자리하고 있었다. 1431년 타이의 공격으로 멸망하기까지 번성했던 크메르 왕조의 무상한 흔적은 여행객의 가슴을 저리게 했다. 필마로 고려의 500년 도읍지인 개성을 돌아들며 〈고려

유신 회고가〉를 지었던 길재(1353년~1419년)의 심정이 이러했을까. 크메르인이 그토록 염원하던 연화세계는 언제쯤 이 땅에 도래할 것인가. 오는 길에 들러본 톤레삽 호수가, 물 위에서 생활하는 사람들의 비참한 모습과 겹치며 구불구불한 메콩강이 끝나는 저 멀리 아슴푸레 보였다.

다음 선교지인 베트남으로 가기 위해 버스로 출발했다. 프놈펜에서 호치민 시까지는 7시간 거리였다. 두 나라의 국력 차이를 말해주듯 베트남 국경이 가까울수록 주변의 풍물이 여유롭고 풍성해짐을 느낄 수 있었다.

양국의 경계를 페리로 건너기 위해 통관을 기다리고 있을 때였다. 정차된 버스 주위에 걸인들이 새까맣게 달려들었다. 캄보디아인 버스 기사가 출입문을 닫아걸었다. 그 사이를 비집고 한 백인 청년이 버스에서 내렸다. 그는 떼 지어 몰려드는 어린 걸인들의 머리를 쓰다듬으며 다시 출발할 때까지 그렇게 서 있었다. 그는 잡목을 거느리고 있는 한 그루의 흰 자작나무 같았다. 충격이었다. 저것이 선교의 참 모습이 아닐까. 버스 밖으로 한 발짝도 내딛지 못하고 있는 내 모습이 참 부끄러웠다.

강 위에 붉은 노을이 내려앉고 있었다. 페리 위에서, 상처로 얼룩진 땅에 하나님께서 나를 오게 하신 뜻이 어디에 있을까 헤아려 보았다. 차츰 짙어가는 노을 속으로 저만큼 멀어지고 있는 캄보디아가 내 품에 점점 가까이 와 안기고 있었다.

# 반쪽의 회해

네 살 무렵이었다. 동네 어귀에서 혼자 놀고 있는데 인근 공터에 한 무리의 사당패가 나타났다. 처음 보는 그들의 울긋불긋한 옷과 요란한 꽹과리 소리에 무섬증이 들어 그만 그 자리에 얼어 붙어버렸다. 그때, 길 건너편에서 아버지가 걸어오셨다. 반가운 나머지 아버지를 향해 내닫는데 트럭 하나가 굉음을 내며 칠 듯이 내 앞을 스쳐 지나갔다. 순식간에 너무 놀라고 화가 나신 아버지는 품에 와 매달리는 나의 뺨을 어찌나 세게 치셨던지 그만 한길 바닥에 나동그라지고 말았다. 어린 딸은 여러 날 열을 내며 앓았고, 자라면서 이 일은 기억 속에서 결코 지워지지 않았다.

그 후로 나는 골목길에서 놀다가도 아버지가 퇴근하는 모습이 보이면 집으로 들어와야 할 아이가 집밖으로 멀리 달아나 버렸다. 어머니가 집에 안 계실 때는 아버지와 한 밥상에 앉지 않으려고 핑계를 댔다. 여의치 않으면 끼니를 걸렀다. 어머니는 아버지를 원망하셨다. 나를 안쓰러워하는 기색이 역력했다. 두 분이 다투실 때는 우리들이 못 알아듣도록 일어를 썼지만 두 분이 삼 밤메(셋째)를 입에 올리는 순간, 그 다툼이 나 때문인 것을 대번에 알 수 있었다.

어머니의 후광을 업고 나는 점점 아버지를 멀리 했다. 내 위의 두 언니를 편애하시던 아버지는 내가 아버지의 전문분야에 흥미를 가지면서 차츰 관심을 보였다. 내 아래로 여동생 둘이 계속 태어나 딸만 다섯을 둔 아버지는 나를 아들인 듯 대했다. 부녀는 인권문제, 세계사, 국제정세에 관해 자주 대화를 나눴지만 나는 끝내 마음의 문을 열지 않았다.

스물네 살에 미국 유학길에 올랐다. 넉넉하던 풍채가 차츰 가시고 초로에 접어든 아버지께 김포공항에서 드린 인사가 마지막이 되었다.

"다녀오겠습니다."

부녀 사이치고는 너무나 간단한 인사였다.

지금 아버지와 어머니는 벽제 묘원에 함께 잠들어 계신다. 두 분의 유택은 애초에는 지금처럼 합장묘가 아니었다. 맏이인 언니가 일찌감치 지관을 동원해 마련했던 자리에, 아버지가 가신 십여 년 후에 세상을 떠나신 어머니와 두 분을 따로 나란히 모셨었다. 한국에서 연일 물난리 뉴스가 전해지던 해, 추석 무렵이었다. 서울에 있는 동생에게서 다급한 연락이 왔다. 계속된 폭우로 부모님의 유택이 무너져 내렸

다는 것이다.

LA에 살고 있는 언니와 함께 급히 서울행 비행기에 올랐다. 공항에서 벽제로 직행했다. 산봉우리 하나가 거짓말처럼 뭉텅 잘려나가고 없었다. 무너져 내려 평지가 된 계곡의 모습에 우리는 그만 눈을 돌리고 말았다. 세찬 장대비가 깨어진 관과 동강난 비석과 상석들, 찢겨져 널린 수의 조각 위에 매몰차게 퍼붓고 있었다. 믿을 수 없는 광경이 펼쳐져 있었다.

며칠 뒤에 비가 뜸해지자 묘원 측의 허락을 받아 뒷수습에 나섰다. 산 자들이 밟아서는 안 될 망자들의 내밀한 장소에서 사그라진 육친의 흔적을 찾아 조심스레 오르내렸다. 빗줄기는 한결 가늘어져 있었지만 흐르는 눈물이 계속 앞을 가렸다. 아버지의 비석은 다행히도 한쪽 모서리만 깨어져 나가 쉽게 찾을 수 있었다. 가까이에서 비교적 덜 손상된 관도 발견되었다. 어머니는 유언에 따라 퇴관(退棺)을 했었기에 절망적이었다. 돌아가시는 순간에도 후손들이 잘되기만을 바라서 수의 한 벌로 맨땅에 묻히신 어머니의 염원이 하늘을 감동시킨 것일까. 며칠 후 어머니는 거의 포기한 자손들의 시야에 희미한 모습을 드러내셨다.

다시 유택을 모실 때 언니들은 두 분을 합장하기를 원했지만 나와 동생들은 선뜻 찬성할 수 없었다. 애초에 어머니의 뜻에 따라 두 분을 따로 모셨는데 이제 와서 합장이라니. 자랄 때 형제들 간의 반목이 재현됐다.

두 분은 젊은 시절엔 금슬이 무척 좋으셨다고 한다. 훗날 불화하게 된 건 어머니의 냉담함이 원인이었다고 언니들은 늘 불평을 했다. 두 언니와 달리 나와 두 동생은 매사에 어머니 편이었다. 원인이야 어디에 있건, 우리 셋이 자라면서 아버지의 사랑이 필요할 시기에 중년의 아버지는 우리에게 무심하고 편애를 보였다. 언니들은 계속 합장을 고집했다. 합장으로 살아 계신 동안 아버지의 외로움을 이제라도 풀어 드리고 싶은 바람이었다. 셋째인 나로서는 더는 버틸 수가 없었다.

해가 바뀌어 봄이 되었다. 묘원 측에서 새로 조성한 옛집에 주인들이 돌아오기 시작했다. 삼우제가 드는 날, 우리 자매들은 각자 꽃을 안고 두 분의 새 유택을 찾았다. 하나로 합장해서 크고 평평해진 봉분 앞에 서서 나는 몹시 당황했다. 어머니가 어느 쪽에 누우셨는지 알 수 없었기 때문이다. 내 꽃을 어머니 쪽에 놓고 싶어서 안절부절 못하는 짧은 순간, 아버지에 대한 기나긴 미움의 세월이 슬픔으로 밀려왔다.

20년의 세월이 흘렀다. 두 분은 이미 오래 전에 불화의 레테 강을 건너셨을 것이다. 지금쯤 두 분은 이승에서의 미움과 섭섭함을 잊고 금슬 좋으셨던 젊은 시절로 되돌아가 있을 것이다.

이제는 꽃다발을 두 분 한가운데에 놓을 수 있을 것 같다.

Chapter

5

명함에
남은 이름

# I am jealous

미시즈 쟌슨이 회색 머리를 연한 블론드로 염색하고 브리지 모임에 나타났다. 수줍음을 많이 타는 그녀로서는 대단한 변신이었다. 연신 머리를 뒤로 쓸어 넘기며 쑥스러워하는 그녀에게 우린 입을 모아 썩 잘 어울린다고 칭찬을 했다.

"그런데 우리 딸은 라이트 브라운은 내게 어울리지 않는다고 해. 너무 젊어 보인다고."

엄마보다 한참 나이가 어린 딸이 갑자기 젊어진 엄마에게 어떤 경쟁심을 느낀다는 얘기일까. 가난한 사촌이 논을 사면 가문의 문전옥답을 물려받은 종손도 배가 아프다는 우리의 정서가 서양 사람에게도 예외가 아닌 모양이었다. 미시즈 레비가 단호한 어조로 말했다.

"그건 질투야. She is jealous."

모두 폭소를 터뜨렸다. 그것은 쟌슨의 변신에 보낸 더할 수 없는 찬사였다. 질투라는 단어가 그토록 통쾌하게 쓰일 수도 있음을 알게 된 사건이었다.

딸만 내리 셋을 둔 집안의 셋째인 내 아래로 남동생이 태어났다. 갓 두 돌을 채우지 못한 나는 엄마 젖을 뺏기고 말았다. 동생이 엄마 품에서 젖을 먹으며 잠이 드는 동안, 나는 샘이 나서 어떻게든 엄마 젖을 먹어 보려고 밤늦도록 오뚝하니 앉아서 기다렸다고 한다. 결혼할 때 어머니가 들려준 얘기로 물론 내 기억에는 없다.

"박 서방, 우리 애는 그렇게 샘이 많으니 살아가면서 우리 딸 질투 날 일은 조금도 하면 안 되네." 얼굴도 못 본 사위에게 어머니는 한국에서 편지로 그렇게 엄명하셨다.

이것이 사실이라면 내 질투심은 두 살 때부터 시작되었다. 배고픈 건 참아도 배 아픈 건 참지 못하는 정서는 현재도 진행 중이다. 제자나 후진이 스승이나 선배보다 더 뛰어날 수 있다는 것을 쿨하게 인정 못하는 팍팍함 때문에 어이없는 가슴앓이도 한다. 대학 모교의 총장이 처음으로 우리 아래 기에서 선출되었을 때, 세상을 떠들썩하게 하는 작가가 후배라는 사실을 알았을 때, 경력이나 실력을 떠나 누군가 내가 하려던 일을 새치기해서 먼저 해치워버렸을 때 늘 느끼는 묘한 감정. 이러다 영영 사회에서 낙오되고 말 것 같은 조바심과 지나온 나의 세월이 텅 빈 듯한 회한이 몰려온다.

이문열의 《사람의 아들》을 처음 읽었을 때의 충격이 생생하다.

딸만 내리 셋을 둔 집안의 셋째인 내 아래로 남동생이 태어났다. 갓 두 돌을 채 우지 못한 나는 엄마 젖을 뺏기고 말았다. 동생이 엄마 품에서 젖을 먹으며 잠이 드는 동안 나는 샘이 나서 어떻게든 엄마 젖을 먹어 보려고 밤늦도록 오뚝하니 앉 아서 기다렸다고 한다.

삼십 대 중반이란 나이는 무엇보다 많이 아는 사람에게 빠져드는데 작가에 비하면 동갑류인 나의 독서량은 조족지혈이었다. 이집트의 호루스 신, 바빌로니아의 마르두크와 페르시아의 조로아스터교, 그리고 가나안 지방의 바알신 등을 방대한 자료조사를 통해 집요하게 파헤치고 또 탐구한다. 인간 예수의 내면세계를 심리학적 상상력을 갖고 적나라하게 서술하고 기독교적 세계관에 회의를 품고 있는 민요섭을 통해 의문을 제기하고 또 고민한다. 작가의 대상에 대한 탐구정신은, 집안의 종교를 거부감 없이 받아들였던 내가 신에 대한 회의를 갖기 시작한 시기와 맞물렸다. 그러나 그 의문에 대한 해답찾기에서 민요섭과는 접근 방식에서부터 차이가 났다. 많은 회의의 밤을 보냈음에도 내가 그때까지 신의 얘기를 한 줄도 쓰지 못하는데 대한 조바심과 부러움이 일면서 마음이 혼란스러웠다.

몇 년 전, LA 어느 문학제에서 있었던 일이다. 강사로 한국에서 초빙되어 온 Y시인이 '현대 시 100년'을 강의하는 사이사이, 간혹 튀어나오는 그의 외국어 발음이 예사롭지 않았다. 알고 보니 그는 나와 같은 학교에서 같은 전공을 한 후배였다. 그는 모든 사람의 호감을 받았다. 그의 미소와 부드러운 음성, 현대 시 전반에 걸친 해박한 지식과 동서양을 아우르는 깊은 식견에 선배로서가 아니라 한 사람의 청중으로 매료되었다. 집에 돌아와도 그가 내 후배라는 뿌듯한 느낌이 사라지지 않았다.

다음 날, J씨의 수필집 출판기념회에서 Y시인을 다시 보았다. 주차장에서 차를 타고 떠나는 그에게 여러 문인이 다가갔다.

"선생님, 어제 강의 아주 좋았어요."

"만나 뵈어서 반가웠습니다."

그에게 다가가기가 망설여졌다. 무엇보다 한참 후배인 그를 부를 호칭이 마땅치 않았다. 문득 그가 나와 같은 전공의 후배라는 생각이 전광석화처럼 머리에 떠올랐다. 그토록 편리한 동질성을 생각해내지 못했다니. 천천히 그에게 다가갔다.

"봉 보야쥬, 무슈(좋은 여행 되세요)."

그가 반가워하며 내 손을 잡았다.

"멜시 보꾸(고맙습니다)."

인사하고 떠나는 그의 뒷모습을 바라보며 왠지 씁쓰레했다. 그 기분이 누구를 진정으로 칭찬하기가 참 어렵다는 느낌 때문일지도 모른다는 생각이 들었다.

# 퇴고 삼매경

아들이 목회를 하는 지인이 내게 글 두 편을 내밀며 한 번 봐 달라고 한다. 교회지 편집을 맡았다고 해서 젊은 전도사가, 목사의 어머니가 심혈을 기울여 쓴 간증문을 이렇게 함부로 고쳐도 되느냐고 사뭇 분개했다.

"그렇담 그거야 그 사람 글이지 형님 글이라고 할 수 없지요."

평소에 지나치게 새치름한 그 여전도사가 별로 마음에 안 들던 터라, 대충 대꾸해 가며 원문과 수정문을 훑어보다가 나는 맞장구 전선을 슬그머니 뒤로 물렸다. 전도사의 수정문이 훨씬 돋보였기 때문이다.

원문엔 BC(Before Christ)와 AC(After Christ), 즉 예수를 믿기 이전의 세속적인 삶과 예수를 받아들인 이후의 변화된 삶이 세세히 적혀 있었다. 그러나 절절한 사연들에도 불구하고 그 내용이 제대로 전달되지 않고 있었다. 뜨거운 체험들은 본인 자신만의 것일 뿐, 직접 체험하지 못한 독자에게는 그리 감동을 주지 못 할 듯 했다.

신앙 간증문도 한 편의 글인데 문장 구성과 바른 한글 맞춤법, 그리고 비슷한 소재의 중복은 피해야 한다. 그분은 내 말을 듣는 둥 마는 둥 했지만 후에 건네는 교회 소식지를 보니 전도사의 글이 여러 부분 참고되어 있었다.

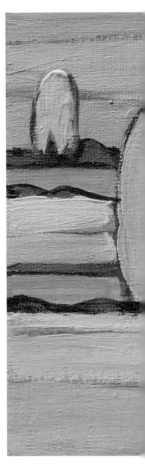

퇴고라는 것을, 나는 원고를 끝내기 전에 마무리 하는 간단한 손질 정도로 알고 있었다. 그 말이 당 나라 시인 가도와 대문호 한유의 고사에서 비롯된 유서 깊은 말임을 얼마 전에 알게 되었다. 가도는 5언 시를 지으며 마지막 구절 "중이 달밤에 문을 민다" 의 '퇴'로 할지, "문을 두드린다"의 '고'로 할지 망 설이던 중에 한유와 만나게 되었고 퇴보다는 고가 낫 겠다는 한유의 뜻을 받아들여 "중이 달밤에 문을 두드린다"로 마무리 했다고 한다.

한글로 수필을 쓰며 '퇴고는 아무리 강조해도 지 나치지 않다.'는 대가들의 말을 실감하고 있다. '낯선 문을 두드려 (고) 탁발을 계속할지, 절 집 문을 밀고(퇴) 들어가 발 씻고 잠자리에 들지', 그 옛날 가도의 고뇌가 내 것이 되어간다.

이곳 재미수필가협회에서도 퇴고에 관한 토론에 많은 시간을 할 애한다. 그야말로 퇴고하기 위해서 수필 공부를 하는 형국이다. 나는 최근에 와서는 편의상 컴퓨터로 글을 쓰지만 퇴고만은 반드시 육필

로 한다. 아직은 내게 컴퓨터보다는 육필이 더 친근하기 때문이다.

　왕도가 없는 퇴고의 길, 그 길을 나는 신들메를 고쳐 매며 걸어 갈
것이다. 그 길 위에서 나의 삶 또한 온전하게 다듬어지고 퇴고되어지
기를 꿈꾼다. 아름다운 시온성을 바라며 흠 없고 순전한 결미에 닿
을 때까지 이 길을 걸어가리라.

# 조이와 페기

조이는 미모가 빼어났다. 우리 집에 데려왔을 때 안정을 못하고 밖으로 나갈 틈만 노렸다. 어느 날 2층 난간에서 아래층 덤불로 가볍게 뛰어내려 탈출했다. 매일 아침 야옹야옹 부르며 동네를 돌았지만 감감무소식이었다. 동네를 두 바퀴 돌고 그 날도 집으로 돌아오는데 조이가 따라왔다. 며칠 굶은 듯 배가 홀쭉하고 군데군데 상처가 있었다. 험한 세상을 단단히 겪은 모양이다.

조이가 명실상부한 우리 집 귀염둥이가 되었을 때 집에 새 식구가 들어왔다. 페키니즈 종인 페기다. 코가 납작하고 다른 개들처럼 입이 앞으로 툭 튀어나오지 않아서 아주 귀여웠다. 어미와 떨어진 지 두 달밖에 안 돼서 잘 서지도 못하는 네 다리로 비틀거리며 다가와서는 털이 제멋대로 뻗친 부스스한 머리를 내 무릎에 비벼대곤 했다. 첫 상

견례부터 페기는 내 마음을 사로잡았다.

이름을 '페기'로 지어 주고 아래층 거실에 잠자리를 마련해 주었다. 밤에 거실의 불을 끄고 침실로 올라가면 페기는 큰 눈망울에 슬픔을 담고 층계 위로 사라지는 내 모습을 물끄러미 지켜보고는 했다. 그 눈빛은 세상의 모든 아픔을 다 안고 있는 듯했다. 하지만 아직도 대소변 훈련이 안된 녀석에게 카펫이 깔린 2층에 잠자리를 마련해 줄 수는 없었다. 게다가 2층은 그때까지만 해도 귀염둥이 세 살짜리 고양이 조이가 독차지하고 있었다.

한 달쯤 지나 조금씩 다리에 힘이 생기자 페기는 매일 2층을 한두 계단씩 오르는 연습을 시작했다. 미끄러지고 넘어지며 연습을 계속하더니 일주일이 지나면서 드디어 2층에 올라오는데 성공했다. 이때부터 문제가 생기기 시작했다. 피나는 노력 끝에 이 층에 입성한 페기는 전입자인 조이가 2층에 머무는 것을 한사코 막았다. 층계 맨 위에 버티고 앉은 페기는 조이가 아래층 계단에 한 발만 올려놔도 무섭게 짖어대었다. 덩치가 페기보다 훨씬 큰 조이는 어이가 없고 잔뜩 약이 올라 긴 앞발로 페기를 때리고 기회가 되면 할퀴기도 했다.

2층을 조이와 공유할 생각이 전혀 없는 페기는 필사적으로 2층을 사수했다. 조이는 저렇게 경우 없는 애를 그냥 보고만 있느냐고 내게 구원을 요청하면서 제 몸의 반밖에 안 되는 페기를 힘으로 밀어붙이곤 했다. 그러면서도 개는 개인지라 마구 짖어대면 몹시 무서워했다. 그때의 원망을 담은 조이의 눈빛은 마치 시앗을 본 본처의 눈빛

같았다. 용호상박까지는 아니어도 견묘상박도 처절하기는 마찬가지였
다.

조이가 2층에서 마음 놓고 쉴 수 있는 시간은 내가 등받이 의자
에 앉아서 컴퓨터를 할 때뿐이다. 조이는 날쌔게 뛰어 올라 내가 앉
은 의자 뒤 좁은 공간에 웅크리고 낮잠을 잔다. 따뜻하고 내 가까이
에서 잠들 수 있는 유일한 틈이었다. 페기는 그것마저 못마땅해서 의
자 주위를 빙빙 돌며 시위하다가 내 다리를 툭툭 치며 빨리 끝내라
고 조르곤 했다.

날이 갈수록 2층에서의 입지가 좁아진 조이는 견디다 못해 어느
날, 아래층 거실로 잠자리를 옮기고 말았다. 조이가 불쌍했지만 나에
게 집착하는 페기에게 마음이 더 기우는 것은 어쩔 수 없었다. 가끔
조이가 한밤중에 야금야금 2층으로의 잠입을 시도해 보지만 그럴 때
마다 페기에게 들켜 쫓겨 내려갔다. 아침이 되어 거실에 내려가 보면
조이는 마치 '카노사의 굴욕'을 당하는 하인리히 4세 같은 표정으로
소파에 앉아 있었다.

라이벌을 제압한 페기는 이번에는 아래층까지 마음 놓고 휘젓고 다
녔다. 눈처럼 흰 털은 자르르 윤기가 돌고 하루하루 더 영리해졌다.
내가 외출에서 돌아오는 차 소리가 나면 페기는 부리나케 차고에 면
한 부엌문까지 마중을 나왔다. 외출 시간에 비례해서 그리팅 세러모
니의 정도가 달랐다. 두세 시간의 외출 때는 1~2분에 그쳤다. 그보다
더 길거나 어두워진 후에 돌아오면 페기는 내 허리께까지 뛰어오르고

공중돌기를 하면서 요란한 세러모니를 펼쳤다.

페기가 가장 억울해하는 일은, 2층에서 기다리다가 깜빡 잠이 들어 내가 집안으로 들어오는 대망의 순간을 그만 놓쳤을 때다. 잠이 깬 뒤에 내가 아래층에 있으면 페기는 미안하고 반가워서 슬라이딩 모드로 층계를 날듯이 굴러 내려오곤 했다.

5년 전 캄보디아 여행을 떠날 때였다. 짐을 싸기 시작하던 날, 페기는 샐쭉해서 뒷방으로 들어가 버렸다. 아무리 달래도 나오지 않았다. 가방의 크기로 상당 기간 주인이 집을 비울 것을 알았기 때문이다. 여행하는 동안 페기를 돌봐 주기로 한 집안 동생이 페기를 데리고 갔다. 그렇게 보낸 것이 페기와의 마지막이었다. 여행을 끝내고 오니 페기는 동생네 집을 나가서 다시는 돌아오지 않는다고 했다.

페기는 자신이 버려진 줄로 생각한 건 아닐까. 지금도 그 큰 눈망울에 막막한 슬픔을 가득 담고 나를 찾아 헤매고 있을지도 모른다. 새벽에 잠을 깨면 나는 차고 문을 열고 어둠 속을 두리번거린다. 페기가 작은 몸을 웅크리고 내가 차고 문을 열어 주기를 기다리고 있을 것도 같다.

그 후 나는 다시는 집안에 개를 들이지 않았다. 페기가 앉아 낮잠을 자던 뒤뜰 의자에는 늦은 오후의 햇살이 따스하다.

# 이목구비의 비밀

이목구비(耳目口鼻)라는 사자성어를 살펴보면 보면 흥미로운 점이 있다. 이, 목, 비는 다 가로로 빗장이 질려 있는데 유독 입 구(口) 자만 거칠 것이 없다. 각기 둘씩 갖춘, 듣고 보고 냄새 맡는 기관은 사용하고 처신할 때 두 배로 신중해야 하지만 하나뿐인 입은 자유를 누려도 좋다는 듯 보인다. 한자를 만든 인물로 알려진 중국 상고 시기의 창힐 황제에게 확인할 길은 없지만, 이 말을 들으면 그가 무덤에서 고개를 끄덕일지도 모르겠다. 요즈음 입들이 어디 보통 자유를 누리는가 말이다.

첫 외손자가 태어나던 날 워싱턴 DC로 떠나며 구역장에게 딸의 산후조리를 돕기 위해 한 달가량 교회를 결석하게 되었다고 하자 깜짝 놀란다.

"아니, 아직도 출산하는 자녀가 있으십니까?"

나도 놀랐다. 그의 말투나 내용이 거침없어서다. 우리 교회 제일의 석학이라는 장로님께서 무슨 다른 의도야 있었겠는가. 그에 비해 얼마 전 어느 문우가 전한 말은 참으로 멋있었다.

"아직 팽팽한데 벌써 손주를 보신다구요."

며칠 전, 마켓에서 게 세일을 한다기에 게장을 담그려고 장을 보러 갔다. 몸통 지름이 5센티가량의 산 게들이 쌓인 판매대 주위에서, 한 젊은 여인이 게를 고르는 모습이 유난히 눈에 띄었다. 왼손에 든 종이봉투에 집게든 오른손으로 게를 집어넣는데 한 마리를 고를 때마다 위로 아래로 들쑤시며 여러 마리를 꾹꾹 찔러 보고는 했다. 그때마다 살아서 펄떡거리는 게다리가 수북이 떨어져 나간다.

"아주머니, 살아있는 게를 왜 그렇게 뒤집어엎고 가엾게 다리를 부러뜨리고 해요?"

"게장 담그면 다 죽을 텐데 무슨 상관이에요?"

게를 고르던 핏발 선 눈이 나를 향하자 그만 게장 담그기를 포기하고 그 자리를 떴다.

국내 유수의 어느 대학교수가, 한창 비자금 문제로 뉴스의 중심이 되고 있는 어느 유력한 분을 두고 '생계형 범죄를 지었다'고 발언했다. 말 그대로 설화(舌禍)를 자초하면서 뉴스의 초점이 되었다. 예전에 모시던 분에 대한 의리와 산 게에 대한 의리(?), 이런 발언들도 설화임은 틀림없지 싶다.

글을 쓰는 문인들이라면 사건이 터져도 설화가 아닌 필화(筆禍)가 제격인데 얼마 전 말로 입었던 상처가 자못 씁쓸하다. 두 사람이 마주 앉아서 해도 될 얘기를 여럿이 함께 있는 자리에서 거침없이, 생각나는 대로 다 뱉어낸다.

"한국에 가서 내가 당신 얘기를 좋게 할 것 같으냐?"

기상천외한 크로징 멘트와 함께 두 사람의 관계는 끝이 났다. 눈에 띄지 않으면 생각에서 멀어지고 생각에서 멀어지면 관심 갖고 험담할 일도 없어지겠지.

Out of sight, out of Mouth! 이 말이 도래할 날을 기다릴 뿐이다.

얼굴에 귀와 눈과 입이 반듯하게 자리 잡으면 보기가 좋다. 이들을 조화롭게 사용하는 비밀은 없을까. 선인들의 가르침에 '사람마다 듣기는 속히 하고 말하기는 더디 하며 성내기는 더욱 더디 하라'는 말이 있다. 이스라엘의 왕 다윗은 하나님께 '내 입 앞에 파수꾼을 세우시고 내 입술의 문을 지켜 주소서'라고 간구하였다.

나는 말하기뿐 아니라 듣기는 더욱 더디 하고 싶다. 입술만이 아니라 펜 끝에도 파수꾼을 세우고 싶다. 귀가 순해진다는 이순을 넘긴 나이에도 내 귀는 아직도 뾰족한 안테나를 거두지 못하고 있다.

글을 쓰기 시작할 때 걸어 놓은 브람스의 〈피아노 협주곡 제 2번〉은 3악장으로 되어있다. 음의 느림으로 따지면 3악장 안단테가 가장 느리다. 빠른 템포에서 점점 음조가 느려지는 피아노 협주곡은 나이가 들수록 여유 있게 살아야할 우리 인생을 닮았다. 1악장 알레그로 논 트로포와 2악장 알레그로 아파시오나토를 지나 3악장 안단테로 접어든다.

내 인생도 어느덧 3악장에 이르렀다. 3악장 중에서도 후반부에 와 있는 것 같다. 좀더 안단테 모드로 살 수 없을까. 나는 언제쯤이면 이목구비의 황금비율에 대한 비밀을 깨우칠 수 있을까. 어찌하면 실천할 수 있을까. 그런 공식이 애초에 존재하지 않음을 알지라도. 브람스의 〈피아노 협주곡 2번〉 3악장을 다시 듣는다.

# 칭찬

요즘 한국 TV 화면에 '행복할 때'라는 광고가 자주 나온다.

쉬고 있을 때, 사위 볼 때, 둘이 있을 때 등 나름 따뜻한 광고다. 하지만 나는 이 광고가 조금 불만스럽다. '칭찬 받을 때'라는 말이 빠졌기 때문이다. 누구에게서 칭찬받는 것처럼 사람을 행복하게 만드는 일이 또 있을까.

내가 처음으로 받은 칭찬의 기억은 대여섯 살 무렵이었지 싶다. 늦여름의 하원시장 한 가운데서 나는 자반고등어 한 손(飧)을 들고 어머니를 기다리고 있었다.

"여기서 기다리면 엄마 금방 올 게." 하신 어머니는 삼십 분이 지나도 돌아오지 않았다. 한낮의 해는 사정없이 내리쬐고 들고 있는 자반

고등어엔 연신 파리들이 달려들었다. 파리 떼를 이리저리 쫓다보니 고등어를 묶은 새끼줄은 점점 느슨해졌다. 나는 가까이에서 좌판을 벌이고 있는 아주머니에게서 어렵사리 종이를 얻어 고등어를 엎어 놓고, 배 부근에 매여 있던 새끼줄을 아가미에 끼어서 두 마리를 단단히 꿰어 놓았다. 얼마 후에 돌아오신 어머니는 묶여진 고등어를 보고는 깜짝 놀라셨다.

"아이구 우리 딸, 기특하기도 하지."

저녁식사 때 어머니는 풍로에 숯불을 피워 자글자글 고등어를 구우셨다. 노릇하게 구워진 아가미 바로 밑 부분이 서너 조각이나 내 밥그릇에 얹힌 건 물론이고, 이 한 마디의 칭찬으로 어머니는 딸 하나를 평생의 요리 보조사로 쓰실 수 있었다.

≪생각이 바뀌면 운명이 바뀐다≫의 저자 노만 V. 필은 칭찬에 대해서, "아무리 작은 칭찬이라도 칭찬은 좋은 것이다. 타인을 칭찬하는 것은 당신의 행복을 증가시키는 것이다."라고 했다. 나는 이렇게 나 자신을 행복하게 하고 동시에 남도 행복하게 만드는 칭찬을 썩 잘하는 편이 못 된다.

주일 예배를 마치면 나는 항상 그 날의 설교자가 회중을 배웅하는 정문이 아닌 다른 출구로 빠져나온다. "오늘 메시지가 참 좋았습니다." 하는 한마디를 하기가 쑥스러워서다. 한껏 성장한 교우들이 설교자와 파안대소하며 칭찬을 주고받는 행복한 모습을 멀찍이 서서 바라본다.

칭찬은 엄청난 에너지를 가진 좋은 동기유발의 재료가 된다. 타인의 칭찬거리를 잘 찾아내는 것도 일종의 능력이 아닐까 싶다. 칭찬은 모든 사람들이 듣기를 좋아하고 들으면 마음이 유쾌해진다. 칭찬거리가 하나도 없는 사람은 이 세상에 단 한 사람도 없다. 칭찬을 듣고 마음을 상했다거나 상처를 받는 사람은 없다. 그런데 이런 폭발적인 힘을 가진 칭찬을 하는 일에 우리는 왜 그토록 인색한 것일까.

첫째는 타인에 대한 관심 부족이 원인이 아닐까 생각된다. 그저 듣기 좋은 찬사가 아닌 마음으로부터의 칭찬을 하려면 상대방에 대한 깊은 관심 없이는 불가능하다. "오늘 멋지시네요." 하는 말보다 "머리 컷 하셨네요. 정말 잘 어울리세요!" 하는 구체적인 지적이 훨씬 더 상대방을 행복하게 하는 칭찬임은 두 말할 필요가 없다.

둘째로는 그 칭찬은 진심에서 우러나야 한다. 조금도 다른 의도 없이 내 마음을 비우고 상대의 마음에 들어가야 한다. 왜 당신이 지금 칭찬을 받고 있는지, 전과는 달라진 어떤 점이 나를 감동시키고 있는지를 보여줄 수 있다면 그것은 최상의 찬사가 될 것이 틀림없다.

칭찬도 연습이 필요하다. 꾸준히 칭찬거리를 찾다 보면 누구에게선들 칭찬거리를 못 찾아내겠는가. 상대방의 장점도 눈에 뜨이고 겉으로 드러나지 않지만 그가 가장 듣고 싶어 하는 격려의 말도 알게 된다.

칭찬은 고래도 춤추게 한다는데 하물며 인간이랴? 한 마디의 칭찬이 한 사람의 삶에 미치는 긍정적인 영향을 생각하면 칭찬하는 일에 인색할 수가 없다. 한 사람도 예외 없이 필요로 하는 칭찬과 격려, 타인을 조금만 배려하면 누구나 할 수 있는 무소불위의 보도와도 같은 것. 진심으로 가족과 친구들, 그리고 덜 행복해 보이는 이웃들에게 마음에서 우러나는 칭찬을 해 보리라.

# 다스비다냐

그날 마지막 강의가 끝나고 헤드릭 홀까지의 언덕길을 단숨에 달려 올라갔다. 우편함 열쇠를 찾아내 우편함을 열었다. 한국 우편 소인이 찍힌 국제 엽서가 와 있었다. UCLA에 와서 처음 받는 엄마의 편지였다. 편지함엔 낯선 나라의 소인이 찍힌 편지가 하나 더 있었다. 의아해서 그 편지를 살펴보는데 등 뒤에서 목소리가 들렸다.

"그거 내게 온 편지예요."

이름의 알파벳 순서대로 나와 같은 우편함을 사용하는 학생이었다. 다음 날 기숙사 식당에서 아침을 먹는데 그가 식판을 들고 내 건너편 자리로 다가왔다. 이름은 로저 판코스카, 고향은 볼가 강 유역의 소도시인데 볼셰비키를 피해 가족이 미국으로 이주했다고 한다. 아, 그 볼가 강! 점령국인 페르시아의 공주를 사랑하게 된 스텐카라

친 장군이 병사들의 사기를 북돋기 위해 사랑하던 공주를 강물에 수장시킨 슬픈 이야기가 있는 볼가 강.

그날부터 우린 식당에서 함께 밥도 먹고 저녁엔 늦게까지 헤드릭 홀 아래층에서 공부했다. 그는 간단한 로어는 구사했지만, 러시아의 역사는, 어릴 때 조국을 떠난 그보다는 내가 더 잘 알고 있었다. 우리는 코사크 족의 이야기와 푸카초프의 반란, 카츄사의 비극과 백계 러시아인들이 받은 박해와 투쟁의 역사를 밤늦도록 이야기하곤 했다.

캠퍼스에서 H감독과도 종종 마주쳤다. 나와 동문인 그는 졸업 후 프랑스로 떠났었는데 전공을 바꿔 여기서는 영화를 공부하고 있었다. 빠듯한 학비로 필름을 구해 촬영에 나서면 미국인들에겐 성실하게 촬영에 응하던 모델들이 자신은 우습게 알고 시간도 안 지키고 자신이 원하는 자세도 제대로 취해주지 않는다고 푸념하곤 했다. 뒷날 그는 귀국해서 한국 영화계에서 그의 재능을 크게 떨쳤다.

얼마 전 원주에서 K시인을 오랜만에 보았는데 기분이 착잡했다. H감독 요절의 원인이, K시인의 숨은 곳을 끝내 함구하며 받았던 지독

한 고문의 후유증이 아닐까, 젊은 날 잠시 안타까웠던 적이 있었기 때문이다.

이 모든 일도 어느 날 850마일 거리를 교통위반 티켓 세 개를 받으며 앨버커키에서 하루 만에 UCLA로 진입한 용감한 박병기로 인해 끝이 났다. 선셋대로에서 마지막 티켓을 준 세 번째 경찰은, 그가 앞서 받은 티켓 두 개를 내보이자 혀를 끌끌 차며 UCLA 캠퍼스까지 그를 에스코트해 주었다고 한다. 언니의 끈질긴 반대에도 불구하고 우리는 사랑의 결실을 이뤄냈다. 이렇게 나의 학창시절은 끝났다.

다스비다냐, 로저 판코스카 그리고 H감독!

창문으로 멀리 산타모니카 해변이 보이던 아름다운 헤드릭 홀, 그리고 내 룸메이트였던 비키, 모두 안녕!

# 八 월에

8월의 정오에 '무도회의 권유'가 흐른다.

서기 312년 로마의 부제였던 콘스탄티누스는 로마 제국의 정제 (Augustus)가 되었다. 그는 보스포루스 해협의 유럽 쪽에 위치한 군사적 요충지 비잔티움으로 수도를 옮겨 콘스탄티노플이라고 이름을 바꾸고 325년에는 니케아회의에서 그리스도교를 국교로 정했다. 그 당시 4백여 개의 이교신전을 갖고 있던 광대한 로마를 정치적, 종교적으로 통합시켰다. 영어의 8월(August)은 황제를 뜻하는 Augustus에서 유래되었다고 한다.

불어의 8월(Aout)에는 추수한다는 뜻도 있다. 우리나라의 8월은 서양과 같이 그 분명한 유래는 알려진 바 없지만, 계절적으로 충만하고 풍성하고 무언가 절정을 향해 치닫는 느낌을 담고 있다.

미국의 8월에는 흥미로운 점이 있다. 국경일이나 기념일이 하나도 없다. 1월엔 New Year's day가 있고 2월엔 Valentine's Day, 3월이면 초록색의 샌 패트릭스 데이가 있으며 4월엔 부활절, 5월이면 어머니

날, 6월엔 아버지날이 있다. 7월엔 미국의 독립기념일이 있고 9월엔 노동절, 10월은 핼러윈, 11월엔 추수감사절, 그리고 12월엔 성탄절이 버티고 있다. 유독 8월에만 미국 국민들이 그토록 즐기는 축제일이 없다.

내 개인사, 가정사도 8월과는 별 인연이 없어 보인다. 네 분 조상의 생신과 기일, 두 아이 결혼기념일 그리고 세 손주 생일도 8월이 아니다. 내가 태어났을 때도 8월은 저만치에 비켜나 있었고 결혼기념일도 8월에 맞추지 못했다. 앞으로의 나의 기일은 내 소관이 아니므로 더더욱 8월에 맞출 수 없겠다.

아무 경축일도 없는 미국의 8월과 내 인생사에도 기억해야 할 분주한 날이 없는 8월의 관계 속에는 분명 어떤 섭리가 있는 듯하다. 마치 축복과도 같은 시간의 멈춤 속에서 비었기 때문에 나 자신에게 침잠할 수 있는 달, 오히려 이런 한가로움 속에서 지난 7개월 동안 살아온 날들을 반추할 수 있는 여유를 누린다.

결국, 나에게 8월은 비어 있는 달이다. 수많은 차들이 일제히 빠져나간 도심의 거리처럼 한산하다고나 할까. 순식간에 지나간 일 년 중반이 허탈하게 여겨지는 달이다. 그래서 내 인생의 터닝 포인트가 8월의 언저리 어딘가에 숨어있지 않을까, 한 번쯤 두리번거리게 된다.

8월은 오던 길을 잠시 멈추고 한 번쯤 돌아갈 길을 생각하게 하는 달이다. 정상에 오르기 전 한 번쯤 오고 가는 인생을 만나는 달, 비

어있기에 도리어 풍요로운, 내면의 것으로 채워진 내실의 계절이다.

왠지 8월은 사십 대 후반의 여유와 치열함을 닮아 보인다. 이십 대 폭풍의 계절과 삼십 대 정상을 향한 질주를 멈추고 지금까지 이루어 놓은 스펙에 그만 안주하고 싶은 체념과 활활 타오르는 못다 이룬 꿈을 향한 욕망의 불꽃이 격렬하게 교차하는 계절이기도 하다.

8월에는 곧 녹음에 지쳐 단풍이 들고 낙엽이 되어 땅에 묻히기 전, 만개한 인생의 결실들도 만나게 된다. 8월의 어느 하루, 나는 이 충만함에, 그 풍성함에 전에 없이 가슴이 설렌다. '무도회의 권유'의 볼륨을 한껏 높인다. 성장을 하고 리듬에 맞춰 춤을 추며 달려 나간다. 두 팔을 벌리고 8월의 풍요로움을 마음껏 끌어안는다. 아, 八月이다!

# 명함에 남은 이름

그는 경북 안동의 고령 박씨 성구의 육 남매 가운데 셋째로 태어났다.

아버지는 일본에서 토목공학을 공부하고 귀국해서 그 당시 안동의 7공자 중의 하나로 불렸다고 한다. 부모님의 주선으로 파평 윤씨 가문에서 시집오신 어머니는 학교라곤 문턱에도 가보지 못하신 데다 드물게 보는 곱지 않은 외모를 갖고 계셨다. 일본 유학파인 안동 7공자 대부분이 조강지처를 내치거나 신여성과의 사이에 자식들을 두어서 노후에 자녀들 문제로 골치를 썩였지만, 아버지는 4남 2녀의 성실한 가장으로 평온한 가정을 이끄셨다. 훗날 그의 가정적인 성품은 자신의 아버지로부터 물려받은 듯하다.

아버지가 서울시 수도국에 근무할 때, 서대문구 신문로에서 태어난 그는 곧 아버지가 만주로 전근하게 되어 그의 생애 첫 기억은 그곳에서 시작된다. 해방이 되어 만주에서도 북쪽 끝인 지치하르에서 남쪽 끝 경북 안동의 고향 집으로 귀향하며 온 가족이 고생하던 이야기는

남자에게 명함은 사회적 이름이다. 하지만 이 무렵 그에겐 명함이 없었다. 아니 명함을 가질 수가 없었다. 비밀스러운 임무를 수행하던 그에게 국가는 이름은 있지만 명함이 없는 사람으로 지내기를 명령했다.

두고두고 집안에 회자된다. 나중에 시집와 시어머니에게서 그때의 고생담을 되풀이해 듣는 셋째 며느리에게 그것은 고역이었다. 졸린 눈을 비비며 애써 버티고 앉아 있어도 귀향길은 아직도 신의주 부근에서 맴돌고 있었고 도중에 만난 로스케의 모습도 어머니의 기억 속에서 잔인했다가 인정이 많았다가 수시로 변했다.

서울시 수도국장으로 부임하신 아버지를 따라 노량진 수원지 관사에 살며 그는 방과 후에는 한강을 헤엄쳐 왕래하고 닭이 제일 좋아하는 개구리를 잡아 수원지의 닭들에게 먹이며 평범한 중·고등학교 시절을 보낸다. 서울대 공대를 마치고 한국전력에 입사, 미국 피츠버그의 웨스팅 하우스로 출장갔던 경험이 그가 훗날 미국 유학을 결심하게 된 동기가 된다.

미국에서 석사와 박사학위를 받고 결혼하여 아들 앤드루와 딸 캐런을 두었다. 1974년, 그는 한국정부의 초청을 받고 귀국한다. 국방과학 연구소에서 지대공 미사일을 연구, 실험에 성공하여 박정희 대통령으로부터 '국가 보국 훈장'을 받는다.

남자에게 명함은 사회적 이름이다. 하지만 이 무렵 그에겐 명함이 없었다. 아니 명함을 가질 수가 없었다. 비밀스러운 임무를 수행하던 그에게 국가는 이름은 있지만 명함이 없는 사람으로 지내기를 명령했다. 이런 국가적 분위기와 한국사회의 지나친 경쟁의식 틈에서 그는 늘 숨이 막혀 했다. 45세 되던 해에 그는 다시 미국행을 감행한다. 이후 20년 동안 미국에서 수출 회사를 설립, 성공적으로 운영하던 그가 64세 되던 해였다. 그에게 병마가 찾아들었다. 위암 4기였다. 수술 후에 나온 pathology report 는 'not curable, but controllable'이었다.

그는 인문학에도 밝고 고전 음악에도 해박하며 유머감각이 뛰어난 남자였다. 우리 집안엔 차이콥스키라는 유명한 음악가가 있다며 차씨 성을 가진 친구가 자랑하자 우리 가문엔 더 뛰어 난 박흐(바흐)가 있다며 지지 않고 맞섰다. 그의 자식 사랑은 유별났다. 어느 지인이 그에게 덕담으로 "슬하에 스트라이크(아들) 하나와 볼(딸)을 고루 두어서 다복하시다"고 하자 그는 대번에 머리를 저었다. "원 스트라이크, 원 볼이 아니라 투 스트라이크지요."

리서치 보조로 한 달에 $250을 받아 가난하게 살던 학생 시절, 아내는 남편에게 나중에 공부가 끝나면 어디서 살고 싶으냐고 물었다. 그는 팔로스 버데스라고 했다. 아내는 처음 들어보는 지명이었다.

그가 떠난 지도 어언 십 년, 그는 지금 샌 페드로 항구가 내려다보이는 팔로스버데스의 그린 힐 언덕에 누워있다. '해변의 묘지'임은 틀림없지만 그가 폴 발레리처럼 '바람이 분다, 살기 위해 노력해야 한다.'는 삶에의 강력한 의지를 갖고 있었는지는 모른다. 그는 참으로 담담히 죽음을 받아들였다. 65세 되던 해 5월 9일이었다. 앞으로 헤쳐 나가야 할 저물어가는 인생의 쓸쓸함과 외로움은 온통 남은 아내에게 떠맡기고서…

65세 5월 15일은 그의 적금식 생명보험이 만기가 되는 날이었다. 한국에 와서 보험금을 신청하자 6일 간격으로 적잖은 돈을 내어 놓게 된 보험회사에선 자그마한 소동이 벌어졌다. 사망진단서 복사본은 안 되고 원본을 가져오라고 했다. 미국에 있는 아들을 시켜 집에 있던 원본을 메일로 가져다 제출하자, 이번엔 병원 사망진단서는 믿지 못하겠으니 미국 정부가 발행한 더 확실한 문서가 있어야겠다고 버티었다.

미국 대통령에 피선될 수 있는 자격증명서도 태어난 병원에서 발행한 출생증명서이고 사망증명서 또한 떠난 사람을 치료하고 돌보아 온 병원에서 발행하는데 그것을 모를 리가 없는 한국 굴지의 보험회사는 그 횡포도 메가톤급이었다.

시린 세상의 여울에 부리를 박고 평생 허리 한 번 필 새 없이 먹이를 모으던 그는 세상을 떠나는 날마저 남은 가족을 배려해서 선택했던 것일까. 지금 어디에서 그는 그 고단한 깃을 접었을까. 저문 강 어느 여름에서 지금도 사랑하던 가족의 먹이를 찾아 헤매고 있을까.

마지막 날 아침, 그는 병원 침대에서 눈으로 나를 찾았다. 전날까지만 해도 "아이 러브 유"라고 아침 인사를 했는데 그 날은 "아이 러브"에서 그의 입술이 힘없이 닫혔다. 그리고 오후 두 시 반, 한줄기 눈물이 뺨을 타고 흘러내리며 그는 눈을 감았다.

지금 햇살 가득한 무덤 위에 살아 있는 사람과 떠난사람 사이에 부는 미풍을 그는 느끼고 있을까. 이제 그의 명함에 남은 유일하고 변하지 않을 직함은 박유니스의 남편이라는 것 하나뿐이다.

# A Letter from Virginia

My daughter surprised me by sending me a package.
When I opened it, there was a summer handbag along with
two blouses. I put the gifts in the closet and left a message
on my daughter's answering machine saying that I received
the package. She called back late in the evening.

"Mom, did you see David's letter?"

"Letter? There was no letter··· "

"What···?!"

My daughter's voice was close to screaming.

A few days before, David saw his mother wrapping
up a package to send to his LA grandmother, and rushed
to his room. After working diligently, David came out
of his room with a gently folded letter that he wrote to

his grandmother. He put the letter inside of the box and carefully held onto the package in the car ride to the post office. He never took his eyes off of the package and even placed it on the post office counter himself. And this very special letter written to me has now disappeared.

I thought back to the events of the day. I remembered seeing a piece of paper with some scribbles on it along with the packing material as I was taking out the contents of the package. I quickly looked in the trash, but my grandson's letter was not there. My daughter's family would be visiting in two weeks and I knew the first thing he would do is look for his letter displayed on my refrigerator door.

Just then, I remembered that Rosa my housekeeper had come earlier in the day to clean the house. I usually throw away and recycle old documents that are in my room upstairs. Even though wasn't her responsibility, Rosa sometimes emptied the upstairs trash can. I immediately ran to the backyard and turned the trash and recycling bins upside down. In an instant, the whole backyard was covered in trash.

For the first time in my life, I searched all through

the trash with bare hands. I don't know how much time had passed, and then I saw a folded piece of paper. It was the letter from my grandson. I let out a sigh of relief and opened the letter with a smile of joy on my face. There was a familiar child like handwriting on the paper.

TO : LA GRANDMA
FROM: DAVID
I LOVE YOU.

I embraced the wrinkled letter tightly to my chest. Even the slight smell of garbage became a light of yearning and came over me like a wave of water. I smoothed out the paper and put it on the refrigerator door next to the other letters from David. Among them was a letter that he gave me on the day I left for LA, after visiting my daughter's family last spring. With tears in his eyes, he gave his grandmother this letter as we parted at Dulles Airport.

GRANDMA, COME BACK SOON WE WILL MISS YOU
I LOVE YOU. DAVID

Finally, all of David's letters were in their right place.

Five years ago, early morning in October, I received a call from my daughter. She was rushed to the hospital the night before because the contractions had begun. The doctors tried hard to stop the contractions all night, but the only option left was to have surgery. I thought, surgery⋯ but how can that be? There were still three months left until the due date.

"I'm going into surgery now. Pray for me, Mother."

Hurriedly, I got on an airplane headed for Virginia. Two weeks ago in LA, my son and his wife had given birth a baby boy. The relaxed time I was spending with my newborn grandson was abruptly interrupted.

Inside the incubator was a shape of a baby, weighing only three pounds. His eyes and mouth were tightly closed. He was slowly being fed his mother's pumped milk through a tube as thin as a thread. That was the only sign that showed the newborn baby was alive. It seemed like he would never open his eyes and mouth. My arms, which have gotten used to the weight of my son's chubby baby, now fell to my sides without holding anything.

On the way out of NICU (Neonatal Intensive Care Unit) in the hallway, I met my daughter's in-laws who were rushing in. I had the experience of holding a healthy grandchild, but this is the first time they were meeting their grandchild. How shocking and upsetting this must have been for them. My daughter's father-in-law and I had gone to the same university and we were all on good terms. But for the first time in life, I felt deeply sorry towards them.

We went to the hospital everyday. Leaving the baby alone in the NICU, we came back to my daughter's house with heavy hearts. The Virginia autumn trees lined the streets and were turning red day after day without a care.

One day near Christmas, my grandson finally came home, driving home on roads covered with fallen leaves and lined with bare trees. As winter and spring passed, he grew bigger and bigger, as if he was never inside an incubator. Like other children, he rolled over, lifted his head, crawled, and finally stood up on his two feet.

Now, David has many hobbies and doesn't fall behind in anything compared to his cousin Bryce in California. Most importantly, he has an endless fountain of love in his heart. There, ample fresh water of love always overflows. It's as if he kept inside his heart all of the abundant and great love that he received, and now he has a deep love for his family that is unlike others.

David and I meet twice a year. When it's time for cherry blossoms along the Potomac River, I visit them in Washington DC, and my daughter's family visits here in LA during Christmas time.

Since he was two, he would reach out from parents' arms and pull me towards him when we parted. That is how he shot me cupid's arrow with his body. And now, he has grasped my whole mind and heart with his letters.

# The Remaining Title On His Business Card

He was the third child of six children of Park Sung Gu, from the Goryung Park Family in the City of Andong, in the North Gyungsang Province.

Upon returning home from studying Civil Engineering in Japan, his father was named one of the seven Andong Princes at the time. Set up by their parents, his father married his mother, who was from the Papyung Yoon Family, and who was neither attractive nor educated. Most of the other seven Andong Princes, all who had studied in Japan, kicked out their first wives or had illegitimate children with other women. They had much headache in their old age because of problems with children, but his father had a peaceful family life with 4 sons and 2 daughters. He must have inherited his family caring nature from his father.

His father was appointed to the Chief of Staff of the Noryangjin Reservoir for the City of Seoul, and the family lived in the city's official quarters in the reservoir. His junior and high school years there were peaceful. After school, he swam back and forth in the Hangang River and caught frogs to feed the chickens in the reservoir who loved eating them. He graduated from Seoul National University with a degree in Electrical Engineering and started working at Korea Electric Power Corporation. While working there, he went on a year–long business trip to Westinghouse in Pittsburgh, PA. This experience was what prompted his decision to study in the United States.

After acquiring masters and Ph.D. in the US, he got married, and had a boy, Andrew, and a girl, Karen. In 1974, he received an invitation to work for the South Korean Government and returned to Korea. While working at the Agency for Defense Development, he succeeded in the development of air missiles and was given the National Patriotism Award from President Park Jung Hee.

A business card is like a social status to a man. At this time in his life, however, he did not have any. More accurately, he could not have any business cards. The Korean government ordered him that he may have a name, but not any business cards, as he was working on secret government projects. Between this type of national atmosphere and extreme competitiveness of Korean society, he always felt like he couldn't breathe. When he turned 45, he ventured back to US. In the following 20 years, he successfully built and ran an export company. Then in the year he turned 64, a sickness came. It was stage 4 stomach cancer. The pathology report after the surgery stated: not curable, but controllable.

He was a man of great knowledge in literature and classical music, and had an outstanding sense of humor. When a friend with the last name 'Cha' joked that there was a famous musician named 'Cha-ikovsky'(Tchaikovsky) in his family, he replied without skipping a beat that there was an even more superior musician named 'Bak'(Bach) in his family (In Korea, the name 'Park' is pronounced 'Bak'). His love for his children was also unusually deep. Wishing him well, one of his acquaintance said to him "you are fortunate to have one strike (son) and one ball (daughter) equally." He immediately shook his head, and answered "no, it's not one strike and one ball...it's two strikes".

While living poor, only earning $250 a month as a Ph.D. candidate, the wife asked the husband where he wants to live in the future after he receives his degree. He said 'Palos Verdes in California' which was a place the wife had never heard of before.

It's been about 10 years since he left, and he now lays on the hilltop of Green Hills in Palos Verdes overlooking San Pedro Harbor. It's definitely a 'Graveyard By The Sea', but he may not have had the will to live like Paul Valery when he wrote: "The wind is rising! We must try to live!". He accepted death calmly. It was the year he turned 65, on May 9th. He left his wife alone to face all of the woes and loneliness of getting old···.

May 15th of the year he turned 65 is the ending date of his life insurance contract. Months later, the wife went to Korea and filed a claim. The insurance company had to pay a decent sum of money in a span of 6 days, and this caused a small uproar. They wanted the original death certificate and not a copy, and so it was mailed from America. Then they said that they don't believe the death certificate, and insisted that they must have a more authentic document issued by the US government. There is no more authentic or official document than a death certificate and a birth certificate issued by the hospital in the US. The Korean insurance company must have known this, and their oppressive behavior was just appalling. Regardless, they still had to pay because he passed away before the ending date.

Was he planning for the wellbeing of his family by picking the date he passed? Like a bird with its beak in the shallow of the cold world gathering food and never straightening its back, he too toiled his entire life for his family. Where has he now folded his tired feathers? Could he still be looking for food for the family he so loved somewhere out there?

Laying on the white hospital bed, he looked to his wife of 35 years. He would say "I love you" in the morning, but on that day his weak lips closed at "I love…". At 2:30

in the afternoon, a single tear rolled down his cheek as he closed his eyes for the last time.

Standing by his tranquil grave, the wife wonders if he can feel the gentle breeze blowing between the one that lives and the one that left. Now he has a business card of his own with one title that will never change—The Husband of Eunice Park.

# 이민 수필의 지평을 연
# 인생의 발견과 미학

## 鄭 木 日

(한국수필가협회 이사장. 한국문협 부이사장)

1.

　재미수필가 박유니스가 처녀 수필집을 상재하게 되었다. 재
미수필가협회 회원으로 활동을 하면서 한국의 문예지와 수필잡지를
통해 작품을 발표해 온 수필가다.

　박유니스의 이번 작품집 출간은 개인적인 면에 있어서나 이민문학
의 실태와 내면을 살펴보는 계기를 마련해 준다. 이번 수필집은 픽션
(fiction)인 시, 소설과는 달리, 논픽션(nonfiction)이기 때문에 작가의
인생을 거울에 비춰낸 자화상이며 독백이 아닐 수 없다.

　독자들은 소설을 읽을 때와 수필을 읽을 때의 맛이 다름을 느낀
다. 소설은 허구(虛構)의 이야기로서 재미에 이끌리게 되지만, 수필

은 한 사람의 체험에 근거한 인생의 발견과 진실을 접하게 된다. 박유니스의 이번 수필집은 인생의 궤적과 내면의 모습을 보여준 거울이랄 수 있다.  인생의 애환이 담겨 있고, 인생의 향훈과 깨달음이 있다. 수필은 자신의 삶과 인생을 담아내는 1인칭 글쓰기이다. 좋은 수필은 좋은 인생에서 나온다. 인격에서 향기가 나야 문장에서 향기가 나는 법이다. 문장의 세련미라든지 성숙만이 아닌 작가의 사상, 철학, 감성, 지성, 마음의 경지가 어울려서 수필이 되는 법이다. 좋은 수필을 발견하는 일은 곧 좋은 인생을 만나는 일이다. 좋은 수필엔 인생의 발견과 깨달음의 꽃이 피어있다. 수필의 경지는 인생의 향훈과 감동이 아닐 수 없다.

수필가 박유니스는 부산의 명문고인 경남여고 시절부터 문예반에서 당시 교사였던 고(故) 김상옥(金相沃) 시조시인의 지도를 받았으며, 그 때부터 문학의 길을 가기 위해 서울대 불문과에 입학하게 되었다. 서울대 재학시절에도 대학신문에 시와 산문을 발표하였지만, 졸업 후에 미국으로 유학한 이후, 이곳에 정착하게 된다. 미국의 이민생활에서도 문학의 꿈을 잃지 않고, 수필쓰기에 열중하여 월간 〈한국수필〉지를 통해 수필가로 데뷔하게 되고, 처녀 수필집을 상재하게 되었다.

박유니스의 수필집을 일별하고 느낀 것은 이민문학으로서의 수필의 지평을 열고 있다는 점이다. 현재 미국을 비롯하여 캐나다, 호주,

독일, 남미 등 해외 수필가들의 수효도 1백여 명에 이를 것으로 추산된다. 해외에서 모국어로 창작활동을 벌이는 것은 한국문학의 세계 진출에도 한몫을 하는 일이다. 미국을 중심으로 수필문학이 활발히 전개되는 있어 고무적인 일이다.

해외에서 활동하고 있는 수필가의 작품집을 볼 때마다 느끼는 것은 이민자로서의 삶을 통한 개척이나 새로운 생활문화와 풍습에서 얻는 인생적인 발견과 깨달음을 담아내지 못하고 있다는 점이다. 고국에 대한 향수와 추억을 담아내는 데 머무는 작품들이 많은 것을 본다. 이민자로서 얻은 새로운 삶의 모습과 성찰을 보여주지 못하고, 고국에 대한 회고와 그리움에서 헤어나지 못하는 과거지향성의 글쓰기가 많았다.

2.

박유니스는 이민 생활체험을 바탕으로 수필화한 작품이 대부분이라는 점에서 차별성이 있다. 또한 신변잡사(身邊雜事)에서 벗어나 분명한 테마를 지닌 작품을 선보인다는 점에서 두드러진다. 많은 수필가들이 체험의 기록에 그친 작품들을 보이고 있다. 박유니스는 체험의 기록이 아닌 체험을 통한 인생적 발견과 깨달음을 의미의 꽃으로 피워놓으려 한다는 점에서 수필의 진수를 보이고 있다. 지성인으로서 감성과 지성의 균형감각으로 인생적인 깊이와 내공을 보여준다.

언제부터인가 린이 헬퍼로 내려오는 날은 여느 날과 조금 다르다는 느낌이 들었다. 식당에선 6인용 식탁 둘을 나란히 잇대어 놓고 식탁보를 덮은 위에 우리 열두 명이 주문한 점심을 미리 준비해 놓는다. 그런데 린이 당번인 날은 내 점심이 두 식탁이 연결된 중앙의 불편한 자리에 항상 놓여 있었다. 우연일까, 아니면 의도적일까?

그러던 어느 날, 인터폰이 다른 날에 비해 조금 일찍 울렸다. 식당으로 올라가 보니 음식이 식탁에 미처 놓여 있지 않았다. 누군가가 실수로 음식이 준비되기 전에 인터폰을 울린 것이다. 자기 오더가 놓인 자리에 찾아가 앉을 필요가 없기에 무심히 가까운 의자 하나를 당겨 앉으려는데 린이 황급히 나를 제지했다. 식탁 두 개가 잇대어져 있는 가운데 의자를 가리키며 거기가 내 자리라는 것이 아닌가. 린이 당번인 날은 내가 오더한 점심이 항상 놓여있던 자리다.

비로소 그간의 의문이 풀렸다. 우리 클럽은 인종 문제에는 엄격하다. 한국인들만의 골프 동호회에도 '코리안 클럽' 같은 국가의 이름이 들어간 명칭을 사용할 수 없게 되어 있다. '아리랑 클럽' 정도가 허용된다. 같은 회원들 간에도 인종적인 문제는 이토록 미묘한 프라이빗 클럽에서 린은, 결석한 회원 대신 sub.(충원 멤버)로 그 날 하루만 초청되어 온 백인 게스트들에게조차 멤버인 나를 제치고 편한 자리를 배정한 인종주의자였다.

클럽은 우리 부부가 가장 긴 시간을 보내는 여가와 취미생활의 중심이었다. 집안의 손님 접대와 아이들의 모든 행사 때는 늘 곁을 지키며 도움을 주는, 오랜 세월을 함께해 온 직원들에게 우리가 상대적으로 소홀했었던 것은 아닐까. 지구 남쪽의 작은 나라에서 이민 온 린의 피부색이 내 의식의 한쪽에 작용하고 있었을까?

인류의 역사를 살펴보면 어떤 부류의 갈등보다 인종 간의 갈등이 가장 민감하다.

그것은 계급 간의 다툼이나, 국가와 국가 사이의 분쟁, 이데올로기를 위한 투쟁보다 치열하고 원색적이다. 바벨탑을 쌓아 올리려 한 인간을 향한 신의 가시지 않는 서운함인가. 신이 인류에게 매겨 놓은 이 부등식(#)의 기호는 영원히 삭제할 방법이 없는 것일까.

라커룸을 돌아 나오는데 마가로의 라커에 그녀의 이름이 아직 그대로 붙어 있다. 진저 마가로, 곧 누군가가 그 라커의 새 주인이 될 것이다.

― 〈브리지 게임〉 일부


〈브리지 게임〉은 미국에서의 이민생활 내부를 보여준 작품이다. 이민 나라인 미국에서 백인 우월주의 관습이 통용되고 있는 현실, 유색인종에 대한 차별주의 인식에 대해 작가는 '계급간의 다툼이나 국가와 국가 사이의 분쟁, 이데올르기를 위한 투쟁보다 치열하고 원색적이다.'고 피력하고 있다. 인종차별을 당한 경험을 통해 불만을 느끼기도 하고, '신이 인류에게 매겨 놓은 이 부등식(≠)의 기호는 영원히 삭제할 방법이 없는 것일까' 라고 회의한다. 그러면서도 '오랜 세월을 함께 해온 직원들에게 우리가 상대적으로 소홀했던 것은 아닐까.' 하고 삶의 성찰과 반성을 겸하고 있어서 인생 성숙의 자세를 보여주고 있다. 인종 차별에 대해서도 서운함보다도 인류가 풀어가야 할 숙제로서 모두가 노력해야 할 문제임을 상기시키고 있다.

박유니스는 〈브리지 게임〉을 통해 많은 민족이 함께 어울려 사는 세상에서 피부 색깔에 의한 차별주의에 대한 한 단면을 통해 인류 모두가 구현하고자 했던 평등과 자유에 대한 가치를 함께 누리지 못함을 일깨우고 이에 대한 시정을 바라고 있다. 이런 삶의 발견과 사상의 전개가 있기에 이민문학으로서의 진가가 드러나고 지식인의 깨어 있는 의식을 느끼게 한다.

3.

나도 한때는 신간(新刊)이었다.

화려한 띠지를 두르고 독자들 눈에 가장 잘 뜨이는 진열대의 한가운데에 자리 잡았다. 언론들은 하나같이 나를 극찬했다. 〈뉴욕 타임스〉는 "펄 벅의 소설들 가운데서 가장 극적이고 잊히지 않을 스토리"라고 했고 〈보스턴 글로브〉지(紙)는 "퍼셉티브하고 매혹적인 책"이라고 추켜세웠다. 한국의 한 여대생은 눈물을 흘리며 밤새워 나를 읽고 또 읽었다고도 했다.

세월이 흐르고 사람들은 천천히 나를 잊었다. 나는 마사츄세츠주의 한 허름한 책방에 팔렸다. 창고 건물을 책방으로 개조한 그곳엔 수만 권의 책들이 먼지를 뒤집어쓰고 있었다. 나는 3층 가장 구석진 자리, 헌 책들 사이에 끼어 있었다.

2005년 화창한 10월 어느 날, 그 책방에 어머니와 딸로 보이는 두 사람이 들어왔다. 그들은 나를 찾았다. 주인은 귀찮은 듯 위쪽을 가리켰고 모녀는 층마다 서가마다 찬찬히 살피며 3층까지 올라왔다. 드디어 나를 발견했을 때 그들은 기뻐서 어쩔 줄을 몰랐다.

모녀는 수년 전에 사랑하는 남편이자 아버지를 각각 잃었다. 슬픔에 쌓인 어머니를 위해 딸은 뉴잉글랜드 여행을 계획하고 캘리포니아주에 사는 어머니를 동부로 초청했다. 어머니는 뉴잉글랜드 지방 여행에 앞서 버몬트주가 무대인 펄 벅의 소설 ≪북경서 온 편지≫를 다시 읽어보고 싶었다. 버지니아주의 딸네 집을 나선 지 이틀째, 이미 절판되어 인터넷에서도 구하기가 쉽지 않았던 책을 먼지가 수북이 쌓인 헌책방에서 찾아냈다. (중략)

　나의 사랑하는 아내에게,

　우선, 내가 당신에게 말하고자 하는 것을 말하기 전에 나는 당신만을 사랑한다는 말을 하고 싶소. 내가 지금 무엇을 하고 있든, 내가 사랑하는 사람은 당신뿐이라는 사실을 기억해 주오. 당신이 앞으로 다시는 내게서 편지를 못 받는다 하더라도, 나는 당신에게 매일 마음속으로 편지를 쓰고 있다는 사실을 알아주기를 바라오. (중략)

　아버지가 돌아가신 다음 해, 딸은 결혼해서 버지니아주로 왔다. 어머니를 위한 뉴잉글랜드 여행 내내 어머니는 처음부터 온통 ≪북경서 온 편지≫에만 관심이 쏠려 있었다. 대학 시절 어머니가 제럴드와 엘리자베스의 아름답고 비극적인 사랑을 눈물을 흘리며 거듭 읽었다는 것도 처음 들었다.

　딸은 아버지와 어머니가 생전에 이쪽으로 함께 여행하신 적이 없다는 것을 잘 안다. 그런데도 어머니는 계곡과 골짜기에 들어 설 때마다 마치 이전에 같이 온 듯 아버지의 환영을 찾고 있었다. 어머니에게 아버지는 돌아오지 못하는 제럴드였다. (중략)

책의 내용을 모르는 딸은 대답할 수 없었지만, 어머니를 지금까지 괴롭히는 속 깊은 실체를 확인할 수 있었다. 아버지가 그렇게 급히 떠나신 건 어머니를 리젝트한 것이라고 어머니는 생각하고 있었다. 어머니는 책의 184페이지 펜으로 밑줄 친 곳을 딸에게 보여 주었다.

There is nothing so explosive in this world as love rejected.

아버지는 더 이상 제럴드처럼 편지를 보낼 수 없다. 그 불가능이 어머니에겐 어떤 의미로 남아 있을까?

—〈북경에서 온 편지〉 일부

〈북경에서 온 편지〉는 펄벅의 소설을 소재로 한 수필이다. 보통의 수필이 '나'로 시작되는 일인칭 글쓰기인데, 이 작품은 '나는 한 때 신간(新刊)이었다.'라고 〈북경에서 온 편지〉를 의인화시킨 독특한 형식을 취하고 있다. 그럼에도 독자들은 작가가 이 책을 읽은 감동을 그냥 독후감이란 형식으로 쓰지 않고, '책'이란 관점에서 이 작품에 나오는 인물들인 제럴드, 엘리자베스 등 인물의 삶과 심리 상황을 전개하면서 인간이 삶을 통해서 얻을 수 있는 진정한 의미와 감동을 전하고 있다. 일기문, 서간문, 감상문, 기행문 등도 수필문학의 한 분야이다.

〈북경에서 온 편지〉 는 '책'을 화자(話者)로 내세워 밀도 높은 감동으로 이 작품의 진수와 작가가 작품을 통해 말하고자 하는 진실과 아름다움을 효과적으로 해석하고 전달하고 있다. 구태의연한 전개에서 벗어난 참신한 수필의 시도가 아닐 수 없다.

박유니스의 수필은 일반적으로 '나'의 인생과 삶을 고백하는 형식의 수필쓰기 관행에서 벗어나 '책'의 의인화를 통한 새로운 발상과 형식으로 독자들에게 밀도 높은 진실과 감동을 전하고 있다는 점에서 실험성과 진취성을 보이고 있다. 이는 첨예한 수필작가의 창작의식의 발로가 아닐 수 없다.


4.


어릴 때 어머니가 외출하시는 날은 온종일 쓸쓸했다. 옥색 모시 치맛자락이 가물가물 보이지 않게 될 때까지, 골목 끝에서 점점 작아지는 어머니의 뒷모습에서 눈을 떼지 못했다. 어머니가 돌아올 때까지 경학원 뜰이 내려다보이는 창경궁 담장에 기대어 앉아 날이 저물도록 혼자 노래를 불렀다.

"임자 없는 대궐 안에 무궁화는 피고 또 피어~~"

어머니가 안 계신 집안은 내겐 망국의 궁궐처럼 횅한 빈터에 불과했다. 기다리기에 지쳐 버린 아슴푸레한 저녁 무렵이 되어 돌아 온 어머니가 나를 찾는 목소리가 들리면 언덕을 구르듯 달려 내려가 어머니 품에 안겼다. 그때 비로소 나는 집으로 들어갔다.

UCLA에 공부하러 왔을 때, 기숙사 창문으로 산타모니카 해변이 보였다. 그때 어머니는 부산에 살고 계셨다. 어스름 녘이면 해변으로 달려갔다. 바닷물에 손을 담그고 바다와 이어져 있는 부산을 바라보았다. 나도 모르게 눈물이 끊임없이 흘러내렸다. 그 후 산타모니카 해변은 어머니를 추억하는 나의 비밀스러운 장소가 되었다. 반세기가 거의 지난 지금도 그곳을 지날 때면 그때의 그리움을 잊을 수 없다.

결혼 후 4년 만에 어머니에게 미국여행을 시켜드렸다. 8월의 찬연한 아침, 꿈에도 보고 싶었던 어머니를 만나러 가는 하이웨이 66번 길섶에는 노란 여름 들꽃들이 바람에 몸을 흔들고 있었다. 그 들꽃들은 내 마음보다는 적게 흔들렸다.

센트 루이스 공항에 짙은 물빛 원피스를 입고 내린 어머니는 환하게 웃으며 출구로 걸어 나오셨다. 기다리고 있던 셋째 딸네의 가족들을 보시고는 함박웃음을 지으셨다. 차로 한 시간을 달려 센트 루이스 서남쪽 30마일에 있는 집으로 왔다.

어머니는 까르륵 까르륵 애교가 넘치는 세살배기 앤드루의 재롱에 푹 빠져 지내다가도, 한쪽 구석에서 조용히 할머니를 쳐다보고 있는 돌잡이 캐른과 눈이 마주치면, 당신과 육십갑자 띠동갑 손녀라며 귀해서 못 견뎌 하셨다. 집에 계시는 날은 어머니는 성경을 보셨는데, 남편은 퇴근해서 집에 오면 짐짓 눈을 크게 뜨고,

"아니, 어머니. 그 책 아직도 다 못 읽으셨어요?" 하며 놀란 시늉을 해서 어머니를 뒤로 넘어가게 했다.

오작 산맥에서 흘러내린 물길이, 도심의 곳곳에 바닥까지 들여다보이는 맑은 실개천들을 만들어 놓은 미주리 주의 소도시. 그곳에서 어머니와 지낸 한 달이 결혼 후 어머니와 가장 오래 보낸 시간이었고 행복했던 나날이었다.

―〈산세베리아〉의 일부

이민생활자의 마음속에 차지하는 고국과 고향의 중심에는 '어머니'가 있기 마련이다. 누구에게나 어머니에 대한 이야기엔 향수와 그리움이 스며있다. 〈산세베리아〉 속에 등장하는 어머니는 독립심이 강하고 자식들에 대한 교육열이 유난히 높은 분이다. 미국에서 어머니

가 보고 싶으면　산타모니카 해변으로 가서 부산과 닿아있는 바닷물에 손을 담그고 어머니를 생각하곤 했던 작가의 모습이 그려져 있다. 결혼 후 4년 만에 어머니를 미국에 초청하여 미국여행을 시켜드리던 일과 어머니와 지낸 한 달간의 의미를 음미하고 있다. 행복이란 가장 가까운 가족들과 지낼 때 피어나는 꽃이며, 그 한 가운데에 사랑하는 사람과 어머니가 있음을 알려주는 작품으로 긴 여운을 남긴다. 이민자의 가슴속에는 누구나 잊을 수 없는 어머니를 비롯한 가족과 고향의 모습이 각인돼 있음을 본다. 〈산세베리아〉는 꽃의 일종이지만 어머니를 떠올리는 상징성이다. 행복이란 가족과 더불어 정을 나누는 일이며 그 일이 가장 소중한 것임을 알려준다.

　헤이리는 낳은 부모가 포기한 아이가 아니다. 아버지도 모른 채 태어난 아이는 엄마가 약물중독 증상이 있어 카운티에서 강제로 빼앗아 아들 가정에 위탁한 아이다. 그런데 지난 10월 코트에서 입양 히어링이 있던 날, 아이 엄마는 끝내 나타나지 않았다. 내년 1월 마지막 히어링 날에 최종 입양이 결정되는데 그날을 기다리는 아들과 며느리의 마음은 절박하다.

　먼 옛적에 노아의 방주에서 살아남은 세 형제 중 지금 제일 뛰어난 족속이라 할 수 있는 셈의 후손이 40대 중반의 야벳의 후손에게 고단한 일생을 의지하려는 것과 같다고나 할까? 사돈은 내년 1월의 결과야 어떠하든 어미가 아이와 더 깊은 정이 들기 전에 아이를 내치기를 바란다. 며느리는 내년이  아닌 지금 아이를 돌려보낸다 해도 충격에서 빠져나오기가 쉽지 않아 보인다.

헤이리가 자라기에 가장 좋은 환경의 가정을 하나님께서는 어디다 예비해 두셨을까? 나와 뜻을 합쳐 아들 내외의 입양을 막으려는 사돈의 입장을 찬성 못하고, 수세에 몰린 며느리의 편도 들어주지 못하는 내 입장이 딱하다. 헤이리는 하루가 다르게 키가 자라고 지혜가 늘어 가는데.

다저스의 게임이 있던 날, 아들은 나와 장모를 타운의 식당에 초대했다. 식당안 사람들의 시선이 일제히 헤이리와 우리에게 쏠렸다. 아이를 돌보느라 아들 부부는 밥도 제대로 못 먹고 게임에도 집중하지 못한다. 안사돈은 일찌감치 식사를 끝내고 TV만 뚫어지라 쳐다본다. 식탁을 돌아 헤이리 쪽으로 다가갔다. 아들이 먹이던 헤이리의 우유병을 받아 쥐었다. 우유를 다 먹은 아이가 두 손을 뻗는다. 생명을 향한 손짓이다. 아이를 안아 올렸다.

식사가 끝나고 앞서 나오는데 며느리는 아이를 안고 눈을 맞추며 걸어 나온다. 아들은 한 손엔 헤이리의 가방을 들고 다른 손으론 유모차를 밀며 아이에게서 눈을 떼지 못한다. 아이는 이미 내 손녀였다.

- ⟨금발의 입양 손녀⟩ 일부


⟨금발의 입양 손녀⟩는 작가가 이민자로서 미국에서 3대에 걸쳐 뿌

리내리고 있음을 보여주는 작품이다. 오늘날에도 부모가 키울 처지가 안 되는 한국의 아기들이 외국의 가정에 입양되고 있는 실정인데, 미국의 한국인 가정에서 금발의 입양아를 맞아들이는 모습을 보면서 정착된 이민생활을 확인한다. 국적과 피부의 색깔을 따지지 않고, 인종차별이 없는 평등 사회를 만들어 가는 성숙한 의식을 보여준다.

안사돈의 반대가 있었지만, 결국 아들내외는 금발 아이를 딸로서 맞이한다. '아이는 이미 내 손녀였다.'는 결미 부분에서 작가는 이민자로서 성숙한 세계인이 돼 있음을 보여준다.


5.


박유니스의 수필에 나타난 문장의 특성은 단아하고 함축적이다. 간결하면서 우아하다. 간결체 문장이 지닌 단순 명쾌성과는 달리 함축과 여운을 지녔다. 형용사와 부사의 사용을 멀리 하고, 진실 그 자체를 극명하게 보여주는 데 주안점을 두고 있다. 넋두리를 늘어놓거나 익살과 너스레로 본질을 피하려 하지 않고 독자들의 눈을 바라보고 정곡을 찌르며 가장 하고 싶은 삶의 얘기를 전하고 있다.

작가는 자신의 수필을 통해 인생에서 발견하고 터득한 삶의 이치와 의미를 독자들에게 전하고 싶어 한다. 자신의 체험으로 얻은 인생의 발견과 의미가 독자들의 삶에 꽃향기와 위로와 새로움을 얻는 모티브가 되길 바라는 것이다. 70대에 이르러 선보이는 이 수필집은 단순한 체험의 기록이 아닌, 한 사람의 전 생애를 통한 인생적인 고백이요, 삶의 전 과정에서 얻어낸 깨달음의 꽃이라 할 수 있다.

박 유니스의 수필 한 편 한 편은 10매 내외의 짧은 분량이지만, 정갈하고 깊은 함축성으로 오래도록 여운을 남긴다. 가슴을 타고 은은히 울려오는 종소리의 여음이 있다. 휴머니즘의 따뜻함과 드러내지 않은 고요한 미소와 온정의 손길이 있다. 지극히 말을 아끼면서도 깊은 소통과 마음의 대화를 이루게 하는 것은 박유니스만이 터득한 표현법일 듯하다. 말을 아끼면서 긴 여운을 남기는 비법을 터득하고 있다. 작품들은 주제를 향해 완벽한 구성 체계를 이루고 자신의 체험이 인생의 발견과 의미를 드러내고 있다. 수필을 읽는 은근한 맛과 향취가 있다. 박유니스가 왜 뒤늦게 한 권의 수필집을 내놓고 어떤 인생적인 면모를 드러내는가, 그 모습 속에는 어떤 인생의 의미와 발견과 깨달음의 꽃이 피어있는지는 독자들의 안목에 따라 달라질 수 있을 것이다. 박유니스 수필가의 처녀 수필집 상재를 축하드린다.

# A Letter from Virginia